두려움이 키운 용기

두려움이 키운 용기

발행일	2019년 2월 6일
지은이	박주희
펴낸이	한아타
펴낸곳	출판법인 드림워커
제작처	(주)북랩 book.co.kr

등록일자 2017-08-08
등록번호 제2018-000083호
등록주소지 서울특별시 용산구 한강대로7길 22-6 이안오피스 1층 102호
홈페이지 https://drmwalker.modoo.at
이메일   ii21@live.com
전화번호 050-4866-0021
팩스번호 050-4346-5979

ISBN   979-11-958185-5-6 03800 (종이책)

이 도서의 국립중앙도서관 출판예정도서목록(CIP)은 서지정보유통지원시스템 홈페이지(http://seoji.nl.go.kr)와
국가자료공동목록시스템(http://www.nl.go.kr/kolisnet)에서 이용하실 수 있습니다.
(CIP제어번호: CIP2019001009)

The courage raised by fear

두려움이 키운 용기

박주희 저

두려움을 용기로 바꾼
자전거 세계 여행 777일

출판 법인
드림워커

30개국, 777일간의 자전거 여행

두려움이 키운 용기

밟구가세(발 구르는 곳에 가 닿는 세계)라는 이름으로
여성으로서 도전했던 30개국, 777일간의 자전거 여행

생생한 경험담, 자전거로 하는 여정, 여성, 도전에 대한 이야기,
수많은 두려움 속에서 시작했던 자전거 여행에 대한 솔직한 이야기를 전합니다.

박 주 희

이 책의 수익금 일부는

문화적 혜택을 얻지 못하는

장애인, 은둔형 외톨이, 실버 세대를 위해

사용됩니다.

시작하며: 염려와 걱정을 담은 용기

두려움. 새로운 것을 시작할 때면 언제나 두려움이 쓰나미처럼 몰려왔다. 그래서 한 걸음씩 앞으로 나아가는 데 많은 시간이 걸렸다. 책임이라는 단어가 주는 엄청난 무게감에 스스로 짓눌려 버리기 일쑤였다. 도망치는 것이 제일 쉬워 보였던 까닭에 현실을 마주할 때마다 도망치기에 바빴다.

그러다가 어느 순간 스스로에게 이게 정말 최선이냐는, 하고 싶은 것이냐는 질문을 하기 시작했고, 계속되는 물음에 처음으로 확신이라는 것이 생기게 되었다. 해 보기도 전에 "안 된다"라고 하는 사람들의 말을 들으며, 스스로의 가능성에 문을 닫았던 것에 후회가 되었다. "하고 싶은 것을 다 하면서 살 수는 없어"라는 말에 "하고 싶은 것을 다 할 수는 없지만 시도라도 해 봐야겠어!"라고 대답하고 계획했던 자전거 여행을 출발했다. 다른 교통수단들과 다르게 자전거는 페달을 밟지 않으면 균형을 잃고 쓰러지기도 하고, 내 몸의 동력을 이용해 자기만의 속도로 앞으로 나아가는 자전거야말로 인생과 가장 닮은 이동수단이라고 생각했다. 그래서 이 자전거를 통한 여정이야말로 나를 성장시켜 줄 수 있는 여행이라 확신했다. 자전거와 함께한 여행은 예상했던 것보다 훨씬 더 많이 나를 성장시켰다.

그렇게 2015년 5월부터 2017년 6월까지 777일 동안 30개국을 자전거로 유랑하는 생활을 했다. 매일 다른 장소에서 잠을 잤고, 처음 보는 길을 매일같이 달렸으며, 슈퍼나 음식점이 있을지 없을지도 모르는 길을 달리다가 겨우 식사를 하는 경우도 많았다. 사실, 매일이 두려움의 연속이었다. 하지만 그 두려움이 '용기를 키워 주는 힘'으로 바뀌어 있다는 것을 여행이 끝나고 나서야 깨달았다.

이 여행을 크게 4개의 파트로 나누어 정리하였다. 각 파트는 시간별, 지역별의 구분이기도 하지만 여행을 하면서 성장한 단계이기도 하다. 자전거의 가장 중요한 부분인 바퀴, Wheel로 첫 번째 파트의 이름을 정했다. 이 부분은 나의 자전거 '미정(美程, 아름다운 길)'과 세계 여행을 시작한 내용을 담고 있다. 여행을 시작한 중국 그리고 시련과 슬럼프를 겪게 된 동남아시아에 대한 이야기이다. 두 번째 파트의 주제는 West(서부)이다. 두려움과 희망을 안고 미개척지의 땅과 금광을 향해 서부로 갔던 미국 초기의 개척자처럼, 나 또한 비교적 위험하다고 알려진 곳으로 향한 여정의 기록을 담았다. 세 번째 파트는 세계의 더 먼 곳으로 가 닿기 위한 잠깐의 휴식. 그리고 함께함을 느끼며 세상(World)을 경험한 결과의 기록이다. 마지막 파트의 핵심 키워드를 Wisdom으로 잡아보았다. 10년 전, 우연한 기회에 아프리카 케냐에서 1년간 지냈던 적이 있었다. 이 경험은 내 인생에 큰 영향을 미치곤 했는데, 이번 세계 여행을 통해 다시 한 번 케냐를 방문하게 되어 감회가 새로웠다. 또한, 아프리카의 여행을 끝내고 돌아와 나의 나라 대한민국을 보는 시각 또한 달라졌다. 급격한 한반도의 정세 변화로 평화 무드가 조성되면서, 어쩌면 배나 비행기를 타지 않고 육로로 세상의 끝까지 갈수 있는 가능성이 높아지고 있다. 마지막 파트에선, 다가올 가까운 미래에 아프리카 대륙의 최남단에 위치한 '희망봉(Cape of Good Hope)'에 우리가 전혀 상상하지 못한 방식으로 가게 될 가능성에 대해 이야기하고자 했다.

사람들은 말한다. "용기가 대단하네요", "그 대범함이 부러워요". 하지만 그 용기를 내는 것이, 내게도 결코 쉬운 일은 아니었다. 이 책은 내가 777일 동안 자전거로 세계 여행을 했던 여정에 대한 이야기이기도 하지만, 동시에 내가 어떠한 방식으로 두려움을 극복하고 앞으로 나아갈 수 있었는지에 대한 이야기이기도 하다. 부디, 독자들이 내 이야기를 읽어 내려가는 동안, 자신이 결코 대면하지 못하고 있던, 피하고 있던 자신의 두려움을 마주할 수 있게 되기를 바라 본다. 그리고 그것이, 자신에게 큰 용기가 되기를 바란다. 그것은, 두려움에 맞서는 용기(Brave, 勇氣)이기도 하지만 두려움을 담는 용기(Vessel, 用器)이기도 한 것이다.

자칫 무모해 보이는 이 여행은, 나 자신에게 던지는 질문이 꼬리에 꼬리를 물다가 시작된 여정이었다. 그래서 답을 찾았느냐고 누군가 물어본다면, 적어도 후회는 없었노라고 대답할 수 있을 것이다. 이 여행을 통해 내가 얻은 진리 중 하나는, 인생에 대한 질문은 계속되어야 한다는 것이다. 여행의 경험이, 또 다른 여행을 끊임없이 꿈꾸게 하듯이 말이다.

2019년 2월
박주희

Contents

◉ 3. 동남아시아: 동행 없는 여행의 진정한 시작

II. West 두려움을 안고 서쪽으로

III. World 세계의 중심으로

IV. Wisdom 두려움과 함께한 용기

I

Wheel
자전거와
세상 속으로

1. 출발:

걱정과 함께한 준비와 출발

자전거, 나를 성장시킬 여행

/

2007년 아프리카로 자원봉사를 가기 전 나는 두려움으로 똘똘 뭉쳐 있는 사람이었다. 작은 일 하나에도 매번 도망치기 일쑤였던 나였다. 그런데 1년 동안의 자원봉사를 통해 '세계 여행'이라는 꿈을 가지게 되었다. 세계 여행이란 꿈을 꾸면서, 어떤 교통수단을 이용할 것인가에 대해서도 고민하게 되었다. 여행의 교통수단에는 여러 가지가 있다. 도보, 히치하이킹, 자동차, 오토바이 등.

몇 가지 교통수단을 고민하다가 결국 자전거를 이동수단으로 결정하게 된 이유들을 이야기하고자 한다.

자전거는 나와 유년시절부터 오랜 시간동안 내 곁에 있어 왔던 나의 이동 수단이기도 하지만, 결정적으로 자전거를 여행 수단으로 정하게 된 데에는 여러 요인들이 작용했다. 세계를 더 보고 싶었다는 것, 새로운 여행을 갈망하는 것, 자전거를 유난히 좋아한다는 것 등. 그리고 그중에 가장 큰 이유는 케냐에서의 1년간의 자원봉사일 것이다. 1년간의 아프리카 봉사를 마치고 한국에 들어왔을 때, 나는 나에게 그리 큰 변화가 있다고 생각하지 못했었다. 영어를 무서워했었지만 케냐에서의 생활 이후에 영어로 의사소통이 가능하게 되었다는 것 정도가 아마 내가 실감하는 가장 큰 변화가 아니었을까? 그런데 시간이 지나면서 주변 사람들이 내게 "너 아프리카 다녀와서 많이 변한 거 알아? 좋은 방향으로"라는 얘기를 종종 건네 왔다. 이러한 얘기들을 들으면서, 나는 자문하기 시작했다. 도대체 내가 어떻게 변화했다는 걸까? 몇 년 전의 그 1년간의 생활이, 마치 나비효과처럼 내 인생에 어떤 영향을 미치고 있는 걸까?

그러던 중 어떻게 하면 여름방학을 알차게 보낼까 생각하다가 자전거로 하는 제주도 일주를 생각하게 되었다. 제주도에서 자전거 일주를 하다 보니 지역 사람들을 만날 수 있는 가장 좋은 수단이 자전거라는 생각을 하게 되었고, 자전거 여행을 통해 나 자신을 성장시킬 수 있을 것이라는 확신이 들기 시작했다. 다른 여행과 비교해 보면, 자전거 여행은 내 몸에 있는 동력을 이용해서 페달을 밟아야 하는 여정이다. 자전거는 오로지 내 힘의 세기에 비례하게만 움직이는 정직한 물체다. 가끔 아찔한 내리막길에서는 중력의 도움을 받아 스릴 넘치는 순간을 선물 받기는 하지만, 이 순간을 위해 중력을 거슬러 끝없는 오르막길을 올라야 하기도 한다. 평야를 달리는 순간은, 평화롭지만 때론 견딜 수 없는 지루함을 선사하기도 한다. 이 모든 순간들이 '인생'이란 단어와 꼭 맞닿아 있다는 생각이 들었다. 여행 중 자전거가 고장이 나면 내가 스스로 자전거를 고쳐야 한다는 것도 마음에 들었다. 비단 나의 전공과 관련이 있어서만은 아니었다. 자전거를 정비할 수 있어야 한다는 이야기는, 누구보다도 내가 이 물체에 대해 잘 알고 있어야 한다는 이야기와도 같고, 스스로에게 자전거에 대한 애착과 책임을 요해야 한다는 것이었다. 자전거 여행은, 내가 늘 손에서 놓아 버리곤 하던 끈기나 책임감 없이는 결코 불가능한 것이므로, 스스로에 대한 도전이기도 했다.

자전거는 목적지에 도착했을 때의 기쁨만이 아니라 여정에서 만나는 사람들, 온몸으로 느끼는 자연과의 접촉 등 그 과정에서도 수많은 즐거움을 선사한다. 자동차나 버스를 이용하는 여행이 점과 점의 연결이라면 자전거 여행은 계속되는 선의 연결에 가깝다. 과정과 결과를 한꺼번에 고려해야 한다는 점에서 다른 여행보다 인생의 실제 모습과 맞닿아 있다는 점 또한 매력으로 다가왔다.

아프리카에서의 3개월간의 도피

/

대학생활을 하며 가장 많이 들은 말 중에 하나는 좋은 직장에 들어가려면 토익을 준비하라는 것이었다. 그렇게 소위 남들이 말하는 '좋은 직장'이란 곳에 들어가려면, 최소한의 토익 점수가 필요하다는 사실을 나도 모르지 않았다. 영어권 지역에 살 기회가 있다면 영어를 더 잘할 수 있게 되지 않을까 하는 막연한 생각에, 1년간의 대학생활을 하고 나서 나는 바로 유학 준비를 시작했다. 부모님은 유학 비용은 스스로 벌어야 한다고 하셨고, 한 번도 제대로 일을 해 본 적이 없던 나는 각종 아르바이트를 알아보기 시작했다. 그렇게 하게 된 아르바이트는 경호원, 편의점, 텔레마케터, PC방 등 다양했다. 1년이라는 기간 동안 내가 모으려고 목표한 금액은 2,000만 원이었다. 해외에 나가서 내가 일하지 않고 1년 동안 어학연수를 받으려면 적어도 2,000만 원 정도는 있어야 한다고 생각했기 때문이다.

이제 막 대학교 1학년을 마친 사람이 정규직도 아닌 아르바이트를 하며 2,000만 원을 번다는 것은 터무니없는 목표였다는 것을 아르바이트를 한 지 약 6개월이 지나고 나서야 깨닫게 되었다. 엄마가 무심하게 한마디 툭 던진 말이 모든 걸 바꿔놓았다. "그러지 말고, 해외봉사를 가는 건 어때?" 나는 얼마간 여러 정보들을 열심히 수집했고, 결국 2007년 1월 아프리카 케냐로 1년간의 자원봉사를 떠나게 되었다.

장장 열네 시간의 비행이었을까? 태국을 거쳐서 도착한 아프리카 케냐, 그곳에 도착하자마자 케냐 사람들과 도시 특유의 냄새가 내 코를 자극해 왔고, 길거리의 무질서함이 나를 더욱 공포에 휩싸이게 만들었다. 설상가상으로 피부색이 다른 내가 신기했었는지 아프리카 친구들은 내게 다가와 내 피부를 만져 보기도 하고, 뒤에서 슬며시 다가와 머리카락을 쓰다듬고 도망치기도 했다. 그들에겐 단지 호기심이었겠지만, 나는 그들의 관심을 피해서 약 3개월 동안 내내 도망을 다녔다. 하지만 3개월 뒤, 나는 계속 도망만 다닐 수 없다는 것을 깨닫게 되었다. 자원봉사자, 그 말의 의미는 많겠지만 그중에 하나는 현지인에게 가장 가까이 다가가 그들의 삶 속에서 함께 있을 수 있는 사람에게 쓰일 수 있는 단어가 아닐까 생각했다. 사실 더 이상 도망을 칠 수도, 도망을 갈 곳도 없는 처지이기도 했다. 그렇게 우여곡절 많은 1년이라는 시간이 지나고, 그동안 케냐 사람들과 함께 생활하며 자연스레 영어로 대화가 가능한 수준에 도달하게 되었다.

질문의 방향을 바꾸다

/

아마도 2011년쯤일 것이다. 그때 제주도를 여행하고 싶어 여러 방면으로 알아보았다. 자동차, 도보, 자전거 등 다양한 방법들 중에 내 마음에 쏙 드는 한 가지는 단연 자전거 여행이었다. 어렸을 때부터, 나는 자전거를 타지 않으면 외출을 하기 싫어했을 정도로 자전거를 좋아했다. 제주도 자전거 일주를 결정하게 된 것도, 무척이나 자연스러운 것이었다. 당시에 내가 가지고 있던 자전거는 자전거 렌트 가게에서 빌릴 수 있는 자전거들보다 훨씬 저렴한 것이었기에, 제주도에 도착해 일주에 적합한 자전거를 빌려 여행을 시작했다. 나는 제주시를 시작으로 반시계방향으로 제주도를 일주할 계획을 잡고 자전거 일주를 시작했다.

하루이틀은 매우 힘들었다. 작은 언덕 같은 오르막길만 나와도 숨을 헐떡거리기 일쑤였다. 하지만 시간이 지날수록 즐거운 일들이 생겨났다.

제주도 사투리를 알아들을 수 없는 나에게 질문을 쏟아내던 제주도 할머니를 만났고, 직장 생활의 스트레스를 풀기 위해 홀로 자전거 여행을 하고 있는 여성과 하루 동안 동행을 했으며, 서울을 시작으로 전국 일주를 하다가 마지막 종착지인 제주도를 돌고 있던 자전거 동호회 회원인 두 남성도 만났다. 평소라면 절대 만날 수 없었을 새로운 사람들을 길 위에서 만났고, 자전거 여행이라는 공통점 하나로 말동무가 되기도 하고 식사를 함께하기도 했다.

그렇게 일주를 하면서 문득 '자전거로 세계 여행은 할 수 없을까?', '자전거로 세계 여행을 한다면 이보다 더 다양한 사람들을 만나 더욱 흥미로운 이야기를 들을 수 있지 않을까?'라는 생각이 들었다.

여행을 마치고 집으로 돌아왔을 때, 나는 꼬리를 무는 여러 질문들에 가슴이 설레기 시작했고, 이것이 실현 가능한 생각일지 궁금해졌다. 며칠 동안 인터넷 검색을 한 결과, 다양한 사람들을 발견할 수 있었다. 내가 알지 못하는 세상에서 사는 사람들…. 남성 또는 커플이 대부분인 자전거 여행자들이었다. 그렇게 검색에 검색을 하고, 그들의 여행기를 짧게나마 읽다 보니 '자전거로 세계일주가 가능할까?'라는 나의 질문은 '자전거로 세계 여행을 하겠다'는 결심으로 바뀌어 있었다.

하지만 결심만 한다고 되는 것은 아니었다. 긴 여행을 떠나기 위해서는 그에 걸맞은 철저한 준비가 필요했다. 여행 자금, 자전거, 캠핑용품, 체력, 여행 경로, 여행 국가에 대한 조사, 먼저 여행한 여행자들을 찾아가 조언을 구하기도 하고 자전거 여행자들의 실질적인 고충을 들어보는 등등. 그리고 가장 중요한 것은 마음가짐이었다.

그렇게 자전거 세계 여행을 마음에 품었다. 그리고 2015년에 출발을 결정하기까지 몇 년의 시간이 흘렀고, 그 시간 동안 나는 계속해서 스스로 같은 질문을 되뇌었다. '이거 정말 하고 싶은 거 맞아?' 그때마다 내 대답은 '그럼, 당연하지!'였다. 하지만 시간이 지날수록 나의 질문에 대한 대답은 확신이 없어지기 시작했다. '하고 싶은 것을 다 하면서 살 수는 없다고 하는데…', '정말 내가 할 수 있을까?', '갔다가 금방 포기하고 돌아오게 되면 어떡하지?' 등등 다양한 생각들이 들었다. 같은 질문을 하면 할수록 확신보다는 불안한 마음이 더욱 커지고 있는 것을 느꼈다. 당황스러웠다. 그렇게 하고 싶어 하던 여행이었으면서 출발을 하려는 시기가 다가올수록 확신이 서지 않다니!

어떻게 해야 할지 고민을 했다. 한동안은 스스로에게 질문 자체를 하지 않고 '난 할 수 있어!'라는 단순한 결심만을 반복했다. 그러던 어느 날 질문을 바꾸어 보기로 했다. '너, 지금 이거 안 하면 후회 안 할 자신 있어?' 질문을 이렇게 바꿨더니 답은 매우 간단명료해졌다. '지금 하지 않으면 100% 후회할 거야!' 답을 찾고 나니 더욱 강한 확신이 생겼고, 여행을 추진할 힘이 생겼다.

단지 스스로에게 던지는 질문만 바꿨을 뿐인데 나에게는 그 전에 없던 작은 용기가 생긴 것이다. 어쩌면 우리에게 필요한 것은 막연한 결심들이 아니라 적절한 질문일지도 모르겠다.

완벽한 준비를 꿈꾸며 지낸 시간

/

사실, 그저 확신만으로 이 여정을 시작할 수는 없었다. 출발을 하기 위해서는 많은 준비를 해야 했기 때문이다. 배낭을 메고 떠나는 것과는 조금 다르게 길 위에서 자전거로 인해 일어날 수 있는 변수들을 예상해야 했기 때문이다.

제일 먼저, 여행을 위한 가장 적합한 자전거가 무엇인지 알아보았다. 어떤 자전거로 여행을 해도 괜찮다는 말이 있었지만 그래도 여행을 하면서 가장 쉽게 수리가 가능하고 어느 장소에서든지 보다 쉽게 부품을 구할 수 있는 자전거를 선택해야 여행을 하는 동안 생길수 있는 자전거 고장이라는 변수에 대비할 수 있기 때문이다. 보다 튼튼하고 안전한 자전거를 찾기 위해 수없이 검색을 했다. 그리고 그렇게 해서 만나게 된 자전거는 여행자들에게 선망받는 투어링 자전거 'Surly'였다.

단순히 나에게 맞는 맞춤 자전거를 받는 것으로 끝나는 것이 아니라 그 조립하는 과정에 참여하고, 나중에는 따로 시간을 내서 수리를 하는 방법까지 배워 최대한 자전거를 많이 이해하려고 노력했다. 간단하게는 자전거 펑크가 났을 때를 대비해서 때우는 연습부터 시작해서 기어 변속이 잘 되지 않을 때를 대비해 기어 변속과 브레이크를 담당하는 케이블을 교체하는 방법, 타이어 교환하는 방법 등. 집에 있는 자전거를 일부러 고장 나게 한 다음에 수리를 연습해 볼 정도의 노력을 하는 시간들이 계속되었을 정도였다.

여행을 하며 캠핑할 것을 대비해서 주말에 시간을 내서 1박 2일 동안 국내 자전거 여행을 하기도 하고 제주도 일주를 하기도 했다. 그리고 이러한 과정들을 통해서 여행을 하며 필요한 물건과 그렇지 않은 물건을 선별하는 안목을 얻을 수 있었다.

여행의 루트를 짤 때는 먼저 여행을 하고 있는 사람들의 루트를 참고하기 위해 세계지도를 펼쳐 그들의 루트를 분석해 보기도 했다. 나는 루트를 짤 때 되도록 처음부터 끝까지 연결되는 루트이기를 바랐다. 한국에서 가장 가까운 곳을 시작으로 마지막에는 한국으로 돌아오는 루트를 만들고 싶었다. 그래서 한국에서 바로 연결이 가능한 루트들을 생각하고 계획하다 보니 가장 가까운 중국을 출발지로 결정하게 되었다. 세계 수많은 나라 중에서 죽기 전에 꼭 가 봐야 할 여행지의 리스트를 보고 가장 내가 가 보고 싶은 곳을 선정하여 선을 연결해 보기도 했다.

그렇게 루트를 짜다 보니 최적의 루트는 '중국-동남아시아-인도-중동-유럽-아프리카-미주-한국' 순의 여행이 될 것이라 생각했다.

출발/도착: 대련

세 계 지 도

자전거
기타 교통수단
진행 방향

　물론, 아무리 열심히 루트를 짠다고 해도 모든 것이 계획한 대로
이뤄지는 여정은 아니었다. 예측하지 못한 일들이 매번 일어나는 여
정의 연속인 여행이었으니 말이다.

작은 상자 하나에 담긴 인생

/

여행을 떠나기 약 일주일 전, 여행이 얼마나 길어질지 나조차도 감을 잡을 수가 없었다. 대략적으로 예상한 기간은 약 3년. 그래서 짐 정리를 시작했다. 방 안을 둘러보니 침대, 노트북이 놓인 책상, 화장품은 별로 없지만 늘 아침마다 내 모습을 확인하던 화장대, 대학 교재와 각종 소설책으로 가득 차 있는 내 키를 훌쩍 넘는 책장 한 개, 사계절을 거뜬히 버텨낼 수 있는 옷들이 걸려 있는 옷장 등이 보인다. 하지만 이 모든 것을 자전거에 싣고 갈 수는 없는 노릇이니, 자전거에 싣고 갈 것들을 추려내야만 했다. 일단, 내 방 하나를 작은 상자 하나에 축소해 집어넣는다는 상상을 해 보았다. 언제든 어디서든, 긴급한 경우에 그 상자 하나만을 챙기면 다른 것들에 아무런 미련이 없을 수 있는 것들이 무엇일까.

큰 가구나 짐들은 일단 제외하고 가장 중요하고 잃어버리면 돈으로는 다시 살 수 없는 것들만 모았다. 그렇게 짐 정리를 한답시고 이리저리 치우다 문득 든 생각.

'정말 나란 사람이 남기고 갈 것이 별로 없구나.'

학창시절을 거치며 작성한 일기장, 여행 중이나 특별한 곳을 갈 때마다 적었던 일기장과 여행 기록, 친구와의 추억이 담긴 펜팔 편지, 어릴 적부터 현재까지의 모습이 담겨 있는 사진들, 나의 추억이 고스란히 담겨 있는 외장하드 등. 그렇게 다 챙기고 보니 고작 라면 박스 정도 되는 작은 상자 하나에 담긴 짐이 전부였다.

기껏 몇 개 있는 통장이라곤 잔고가 별로 없거나 얼마 안 되는 여행자금이 들어 있는 것이 전부이니, 사실은 빈털터리나 다름없었다.

참 보잘것없다는 생각이 문득 스쳐지나갔다.

앉은 자리에서 잠시 주변을 둘러보니 결국 내가 가지고 갈 것은 별로 없다는 생각이 들었다. 그리고 정작 내게 중요하다고 생각하던 것들은 일 년에 몇 번 들춰보지도 않았던 것들임을 새삼 깨닫게 되었다.

그런데 나만 이런 생각을 한 것은 아닌 것 같다. 『정리정돈의 습관』이란 책을 낸 고마츠 야스시는 대학 재학 중 아일랜드로 단기 연수를 떠났다가, 사람이 살아가는 데에 사실 트렁크 하나 정도의 짐만으로도 생활이 가능하다는 것을 깨달았다고 한다. 그는 귀국 후 자신이 경험했던 '정리'가 삶에 어떠한 변화를 가져오는지에 대해 많은 사람들에게 알리기 시작했다. 정리정돈을 통해 자신에게 가장 필요한 것이 무엇인지, 필요 없는 것을 얼마나 많이 가득 떠안고 살고 있었는지를 다시 한 번 생각하게끔 하는 계기를 가질 수 있었다.

여행을 떠난다는 것은 이처럼 인생에 있어서 가장 중요한 것이 무엇인지 깨닫게 되는 계기가 된다. 긴 여행을 떠나기 전, 이렇게 주변을 둘러보고 나를 둘러싼 것들을 정리함으로써 내 인생을 한차례 작은 상자에 넣어보는 귀한 시간을 갖게 된다. 어쩌면 우리는, 너무 많은 짐을 안고 살아가고 있었는지도 모른다. 여행이란, 이 무거운 짐들을 한 번쯤은 미련 없이 내려놓게 만드는 것이 아닐까.

수많은 감정이 교차한 마지막날 밤

/

떠나기 한 달 전부터 평소보다 더욱 분주한 날들을 보냈다. 마지막 자전거 최종 점검, 세계 여행 출발 전 예행연습, 중국발 페리 티켓 구하기, 당분간 만나지 못할 친구들 만나기 등등.

2015년 5월 4일, 출발 전날. 한국에서의 마지막 저녁이라는 생각에 조금은 늦은 시간까지 짐 정리를 했다. 그렇게 한 달이라는 시간이 쏜살같이 지나갔고, 출발 전날 밤 마지막 짐 정리를 하고 침대에 누웠다. 시간이 어떻게 지나갔는지 모를 정도로 바쁘게 지냈던 한 달이었다는 생각이 들었다. 오래도록 바라왔던 자전거 세계 여행이 이제 내일이면 시작된다는 사실이 아직 실감이 나질 않았다. 분명 여행을 준비하는 동안 설레는 마음으로 가득한 하루하루를 보냈다. 그런데 막상 내일이면 여행이 시작된다고 생각을 하니 만감이 교차했다. 잠이 오지 않을 것 같은 밤이었다. 하지만 조금이라도 잠을 청하기 위해 침대에 누웠다. 방의 전등을 끄자, 달빛에 희미하게 비쳐 보이는 벽지의 작은 무늬들마저도 애틋하게 다가왔다. 반듯하게 누워 침대의 포근한 감촉을 느끼며 잠에 들고자 했지만, 불현듯 슬픈 마음이 차올랐다. 갑자기 하염없이 눈물이 흐르기 시작했다. 왜일까? 가족과 잠시 떨어져 지내야 한다는 것이 이토록 나를 슬프게 하는 것일까? 아니면 여행을 떠나는 것이 두려운 걸까? 여행을 시작하게 되면 설레는 마음만이 가득할 줄 알았는데…. 이상하게도 눈물이 멈추지 않았다. 여러 감정이 뒤섞였고, 이 슬픔이 어디에서 비롯된 것인지 알 수 없어 거듭 질문을 했다. 서른이 다 된 나이에 먼 길을 떠나겠다고 나서는 나를 염려하시는 부모님의 마음도 헤아려 보았다. 죄송한 마음이 앞섰고, 실망을 안기면서까지 떠나야만 하는 이유가 무엇이었는지 떠올려보려 했지만, 오히려 막막함이 앞섰다.

이런저런 생각들로 가득한 밤이었다. 떠나서 영영 돌아오지 않을 것도 아닌데 꼭 다시는 돌아오지 않을 것처럼…. 이 눈물엔 여러 감정이 뒤섞여 있었고, 이 역시 나름 의미 있는 시간이란 생각이 들었다. 눈물을 굳이 멈추게 하고 싶지는 않았다. 일부러 참으려 하지 않고 그 감정 그대로를 받아들여 본다. 천천히, 천천히.

복잡한 마음으로, 이해되지 않은 감정으로 서서히 이 상태를 받아들이기 시작했다. 한참을 울고 나니, 오히려 마음이 한결 가벼워지는 느낌이 들기도 했다. 새로운 시작 앞에선 늘 불안한 마음이 따르기 마련이니. 당연한 순서이리라. 이번 여정이 나의 인생의 또 다른 터닝 포인트가 되길 간절하게 바라 보았다. 그리고 이 여정이 내가 가야 할 길을 정확하게 찾을 수 있는 시간이 되길.

부디, 나의 여행에 행운이 깃들길!

주변의 기대와 실망, 이 모든 것들에 당당해질 수 있는 사람이 될 수 있기를. 무엇보다, 내가 나 자신에게 떳떳한 사람이 될 수 있기를, 마지막 잠드는 순간까지 열렬하게 바라는 밤이었다. 이 마지막 날 밤의 마음이, 여행 내내 나를 붙잡아주는 작은 지지대가 될 줄은 이때는 잘 알지 못했었다.

나의 마음속에 품은 또 하나의 소망

/

세계 여행을 구체화하던 중, 나는 엄마의 의견을 종종 구하기도 했었다. 그런데 그렇게 이야기를 할 때가 되면 엄마는 은연중에 "나도 히말라야에 가 보고 싶어"라는 이야기를 하셨다. 평소에도 근처의 산부터 시작해서 전국에 있는 산은 거의 다 등반을 하셨을 정도로 산을 좋아하는 엄마니까 산을 좋아하는 사람으로서 그냥 하는 말이라고 생각했었다. 하지만 시간이 지날수록 엄마가 마음속에 있는 그 소원이 이루어지기를 간절히 바라는 것을 느낄 수가 있었다. 내가 자전거 여행을 마음에 품었을 때처럼 엄마의 그 소원이 얼마나 간절한지 알기에 점점 엄마와의 여행을 꿈꾸게 되었고, 언제가 될지는 모르지만 여행을 하다가 네팔에 가게 될 때 엄마를 만난다면 나에게도 꿈같은 시간이 될 것이라는 생각이 들었다. 긴 여행 중에 가족을 만나 함께한다면, 엄마의 소원도 이룬다면 그것이야말로 너무 설레는 일이 아닐까?

생각만으로도 설레는 내 마음속에 품게 된 소원. 아빠의 동의를 얻어야 진행할 수가 있는 일이었지만 꼭 이루고 싶었다.

그래서 여행을 출발하면서 나와 약속했다. '네팔에 가서는 엄마와 꼭 트레킹하기'.

두려움과 용기를 한 배에 싣고

/

2015년 5월 5일. 오후 12시에 출항하는 배에 오르기 위해 아침 일찍부터 분주했다. 경기도 일산에 위치한 본가부터 인천국제여객터미널까지 자전거를 타고 가려고 했지만, 아빠는 그럴 수 없다며 전날부터 자전거를 차에 싣는 예행연습을 하셨다. 우려와 응원으로 밤잠을 설치셨을 엄마도 배웅에 함께 따라나섰다. 그렇게 간신히 자전거와 짐들을 차에 욱여넣고, 우리는 인천국제여객 제2터미널로 향했다.

가는 길에 식당에 들러 아침 식사로 김밥 등을 샀는데, 가슴이 뛰어 도무지 음식이 잘 넘어가지 않았다. 먹어 두어야 한다는 생각에 간신히 몇 개를 입에 넣기는 했지만, 사실 허기도 느껴지지 않을 정도로 긴장 상태에 있었다.

항구에 도착해 차에서 내리기 전, 엄마는 내 손을 붙잡고 내가 달려갈 모든 길 위에서 안전할 수 있도록 절실하고 긴 기도를 해 주셨다. 순간 왈칵 눈물이 쏟아져 내릴 뻔했지만 다시 한 번 마음을 잘 추스르고 차에서 내려, 가지고 있는 짐을 화물로 부치고 자전거와 전자기기들을 가지고 배에 탑승했다. 파손 위험이 있는 물건은 화물로 보낼 수 없기 때문이다. 나는 출국 전에 자전거 검사를 따로 받아야 했기 때문에 모든 탑승자들이 출국 심사를 받은 뒤 마지막으로 출국 심사를 받게 되었다. 그렇게 아빠, 엄마 그리고 배웅하러 나와 준 의리의 친구 상민이와 작별 인사를 했다. 이제 정말 안녕!

앞바퀴를 분리한 자전거에 대한 X-Ray 검사를 마치고 홀로 배에 올랐다. 자전거를 어깨에 들쳐 메고, 배로 이어져 있는 철계단을 하나씩 오른다. 직원이 안내해 주는 곳에 안전하게 자전거를 보관하고는 항구가 보이는 곳에 서서 출항하는 모습을 지켜봤다. 항구에서 배가 서서히 멀어졌다. 이제 내가 기댈 곳은 아무데도 없다. 혹시나 하는 마음에 선내를 계속해서 걸어 다녔다. 나의 귀는 온통 한국말을 할 줄 아는 누군가를 찾아 헤매고 있었다. 하지만 이내 깨달았다. 이제는 의지할 곳이 전혀 없다는 것을. 나는 언제나 가족과 함께했고, 쉬어 갈 집이 있었고, 한국말로 쉽게 소통할 수 있는 공간에 있었는데…. 그 모든 것들이 한 번에 끊어져 버린 기분이었다. 그것을 인지한 순간 머릿속이 새하얘졌다. 북받치는 감정을 참지 못하고, 나는 내 자리로 돌아가서 한참 동안 서럽게 울었다. 그렇게 우는 동안 아무 생각도 들지 않았고, 그 어느 누구도 나를 위로해 주지 않았다. 이 모든 것들을 한 번에 받아들이기가 조금은 힘들다는 생각이 들었다.

마음을 어느 정도 추스르고 선내에서 주는 식사를 챙겨 먹었다. 이리저리 아무리 둘러봐도 한국 사람은 보이지 않았고, 마음 한편에는 괜한 쓸쓸함이 밀려왔다. 알아들을 수 없는 언어를 듣고 있자니 이제는 정말 혼자가 되었다는 생각에 사로잡혔다. 나를 보호해 줄 그 누구도, 무엇도 없는 느낌이었다.

그렇게 한국에서 중국으로 이동하는 25시간이 빠르게 지나갔다. 벌써부터 서럽고, 무섭고, 긴장된 마음으로.

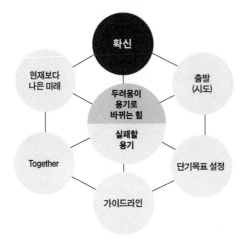

7년 반 동안, 전 세계 87개국 95,000㎞를 자전거로 달린 이시다 유스케가 처음 여행을 꿈꾸게 된 계기는 쥘 베른의 소설 『80일간의 세계 일주』였던 것으로 기억한다. 그리고 그는 뚜렷한 목표를 정하였다. '어차피 세계 일주를 할 거라면, 세계 최고의 보물을 발견하자!' 그는 자전거 여행을 하며 세계 최고의 보물을 발견할 수 있으리라는 기대를 가졌고, 최고의 보물을 발견하고 싶다는 욕망이 곧 여행에 대한 확신이 되었다. 그가 보물을 발견해 냈을 때에 받을 감동, 그것이 가장 큰 여행의 촉진제가 된 것이다.

이시다 유스케의 확신과는 다르지만, 나 또한 이 여행을 해야만 하는 이유를 찾았었고, 그것이 내게는 자전거 세계 여행에 대한 확신이 되었었다. 사람들이 무언가를 확실하게 약속받고 싶어한다. 확신이 필요한 이유는 보장되지 않은 미래에 대한 막연한 불안함이 있기 때문이다. 내게 확신을 주었던 단어는, '후회'였다. 나는 후회에 대한 두려움이 컸다. 꿈꾸었던 것을 하지 않았을 때에 내가 맞닥뜨리게 될 후회, 그것이 내게 가장 큰 두려움이었고, 후회하지 않기 위해 이 여행을 시작하게 되었다.

'너, 지금 이거 안 하면 후회 안 할 자신 있어?', 이 질문이 모든 것을 바꾸어 놓았다.

지금 하고자 하는 일에 확신이 들지 않는다면 그동안 품었던 질문의 방향을 바꾸어 보면 어떨까? '왜 이것을 해야 하는가?'라는 질문에 답을 하지 못한다면 '시간이 흘러 이것을 하지 않았을 때 후회하지 않을 자신이 있는가?'라고 질문을 던져 보자. 나에게 확신을 주었던 것은 실체 없는 결심들이 아니라 적절한 질문이었다.

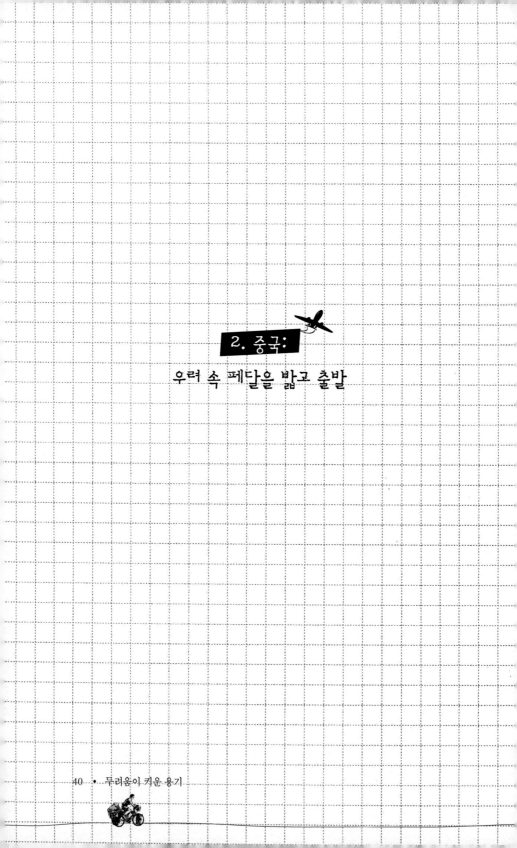

2. 중국:
우려 속 페달을 밟고 출발

초행자의 행운

/

한국에서 25시간의 페리 이동을 하면 중국의 동쪽 해안에 위치한 톈진항(천진항)에 도착한다. 약간의 찬바람이 느껴지는 날씨. 자전거 덕분에 제일 먼저 배에서 내려 입국심사를 마쳤다. 그리고 쏟아져 나오는 수많은 짐 중에서 내 번호가 적힌 짐을 찾았다. 자전거에 싣고 달릴 수 있도록 총 6개의 가방을 대충 정리하고 달릴 준비를 했다. 이제 정말 자전거 여행의 시작이라는 생각에 온몸에 긴장감이 더해졌다. 항구에서 출발을 하려고 하니 호기심 어린 눈빛으로 몇몇 사람들이 말을 걸어온다. 65kg가량 되는 짐을 몸체에 실은 자전거는, 그들의 호기심을 자극하기에 충분했다.

낯선 이가 건네는 낯선 언어를 접하고 나서야, 타지에 도착한 것이 실감이 나기 시작했다. 시간을 확인하니, 이미 오후 4시가 다 되어 가고 있었다. 숙소를 찾기 위해 항구를 벗어나 자전거로 달리기 시작했다. 해가 지기 전에, 최대한 도심에서 가까우면서 너무 비싸지 않은 숙소를 찾고 싶었다. 정보가 부족해 사전에 숙소를 예약하지 못했기 때문에 마음이 조급해져 왔다. 몇 해 전 먼저 이곳을 경험했던 여행자의 조언에 의하면 항구에서 멀지 않은 곳에 '빈관(賓館)'이라고 하는 숙소가 있을 것이라는 말을 들었기 때문에, 막연히 빈관을 찾을 수 있으리란 희망만 갖고 있었을 뿐이었다.

항구에 도착해 자전거를 타기 시작하니 언제 서럽게 울었었냐는 듯 조금씩 몸에 활력이 도는 것이 느껴졌다. 하지만 동시에, 초조함과 두려움이 자꾸만 나를 잠식해 온다는 생각이 들기도 했다. 본격적으로 여행을 시작하기도 전인데 나의 마음은 잔뜩 움츠려 있었다. 이제 겨우 시작일 뿐인데, 이런 나약한 마음들을 털어내고 여행에 집중해야 한다고 거듭 되뇌었지만 결코 쉬운 일은 아니었다.

그렇게 자전거를 타고 항구를 벗어나 시내 방향으로 달리기 시작했다. 항구를 조금만 벗어나면 있을 거라던 숙소는 보이지 않았다. 해는 지고 있었고, 조바심이 나기 시작했다. 잠시 방향감각을 잃을 정도로 정신이 없었다. 몇몇 행인들에게 길을 물어봤지만, 영어는 소용이 없을뿐더러 중국어로 된 대답은 당연히 알아들을 수도 없었다. 그렇게 한참 동안이나 잔뜩 긴장한 상태로 페달을 굴러 인적이 있는 곳을 향해 달리고 달렸다. 여차하면 텐트를 쳐야 할 상황이었지만 이 상태로는 텐트를 치기에도 무리가 있어 보였다. 그렇게 항구를 벗어나 달리기 시작한 지 한 시간이 훌쩍 지나 있었다. 도심이 아닌 항구의 인근이었던 까닭인지 행인도 많지 않아 길을 물어 가기에도 어려움이 있었다.

영어가 통하지 않는다는 사실을 깨닫고는 중국인들에게 말을 거는 데 더 어려움을 느꼈다. 조금 위축이 되기는 했지만, 그래도 마주치는 이마다 손짓 발짓을 더해 가며 적극적으로 길을 물었다. 사실, 여행 첫날부터 낯선 곳에서 야외취침을 할 자신이 없었기 때문에 더욱 필사적으로 숙소를 찾으려 사람들에게 말을 건넨 것이기도 했다. 그렇게 도로 위를 지나가는 차나 사람들이 보일 때마다 양팔을 하늘 위로 쭉 뻗어 흔들고는 그들을 멈춰 세워 인근에 묵을 만한 숙

소가 있느냐고 묻기를 반복했다. 그렇게 몇 번의 시도 끝에 전기 자전거를 타고 지나가는 한 아저씨를 만나게 되었다. 나는 이전과 마찬가지로 그러나 더욱 격렬하게 손을 흔들어 아저씨를 무작정 내 앞에 멈춰 세웠다. 이번에는 더욱 절실했다. 붉은 해가 지평선 너머로 거의 자취를 감추고 있었고, 주변이 점점 어두워지고 있었기 때문이다. 이전과 마찬가지로 영어는 통하지 않았지만, 다행히 아저씨가 나의 손짓발짓을 알아듣고는 자신을 따라오라는 손짓을 했다. 함께 길을 가는 동안 아저씨는 계속해서 내게 중국어로 말을 걸었지만, 내가 아저씨에게 대답할 수 있는 중국말이라곤 "워 스 한궈런 (나는 한국 사람입니다)"밖에 없었다. 내가 중국말을 전혀 못 하는데도, 아저씨는 계속 꿋꿋하게 대화를 시도해 왔다. 어색하지만 어딘가 모르게 정거움이 느껴졌다. 아저씨는 전기 자전거를 타고 있었고, 내 자전거엔 육중한 짐들이 주렁주렁 매달려 있었기 때문에 아저씨와 같은 속도를 내는 것이 어려웠지만, 아저씨는 연신 뒤를 돌아보며 내가 잘 따라오고 있는지 확인을 하곤 했다. 점점 숨이 가빠왔지만 열심히 페달을 굴려 아저씨를 따라갔다.

그렇게 도착한 곳에서, 나는 아저씨의 딸을 만날 수 있었다. 다행히도 아저씨의 딸은 영어로 아주 기본적인 의사소통이 가능했고, 이 친구의 도움을 받아 저렴한 숙소에 체크인을 할 수 있었다. 지역민이 소개해 준 숙소답게(?), 중국 아저씨들이 너무 많아 조금 무섭기는 했지만 어쨌든 이로써 야외취침은 간신히 면하게 되었다. 숙소에 짐을 풀고 나니 그때서야 허기가 밀려왔다. 아저씨와 그의 딸은 내가 짐을 푸는 것까지 곁에서 지켜보더니 밥을 먹어야 하지 않겠느냐며, 자신의 집에서 식사를 함께 하자고 했다. 그렇게 얼떨결에 저녁식사에 초대를 받게 되었다.

아저씨는 집으로 가기 전, 우리를 근처의 시장에 데리고 가셨다. 아저씨는 딸에게 50위안(약 1만 원)을 쥐여 주며 내가 먹고 싶은 것을 고르도록 하라고 하셨다. 이미 도움을 많이 받았고 너무 신세를 지는 것 같아 그냥 평소에 가족들이 드시는 일반적인 가정식이면 충분하다며 연신 만류했지만, 소용이 없었다. 아저씨의 집은 내가 묵는 숙소의 바로 뒤쪽에 위치한 아파트였다. 집에 들어가니, 아저씨의 부인인 아주머니께서 한참 저녁 준비를 하고 계셨다. 식사가 시작되자, 우리는 번역기를 사용해 대화를 나누기 시작했다. 이들은 자전거 하나로 세계 여행을 할 예정이라는 내게 다양한 질문들을 쏟아내며 대화를 이어 나갔다. 이들의 배려로 걱정하고 있을 가족들에게도 중국에 잘 도착했다는 연락을 취할 수 있었다.

긴 식사를 마치고, 아저씨와 그의 딸 백양은 나를 숙소까지 데려다 주었다. 아저씨는 백양이 나와 한 살 차이밖에 나질 않으니 자매처럼 편하게 생각하며 연락하고 지내라고 얘기를 하셨고, 백양도 여행 중 도움이 필요하게 되면 언제든 자신에게 연락하라는 말을 덧붙이며 자신의 연락처를 내게 건네주었다. 이 작은 배려가 내게는 단단한 지푸라기가 되어 낯선 땅에서 무모하게 앞으로 나아가도록 만드는 힘이 되었다.

여행자들 사이에는 '초행자의 행운'이라는 말이 있다. 처음 길을 떠나는 이들에게 늘 뜻밖의 행운이 따른다는 말이다. 마치, 내가 이 낯선 곳에서 아저씨와 그의 가족들을 만나게 된 것처럼 말이다. 여행 첫날부터 이렇게 좋은 사람들을 만나 따뜻한 대접을 받고 그보다 더 큰 마음을 느낄 수 있다는 사실에 감사했다. 초행자의 행운이라는 말은 어쩌면 두렵고 설레는 마음으로 첫 발을 떼는 여행자들을 위한 희망 같은 것이 아닐까? 앞으로의 여정을 축복해 주고, 좋은 기운으로 여행을 시작할 수 있도록 응원하는 마음들을 안고 떠날 수 있도록 말이다. 이들을 만난 것이, 내게는 초행자의 행운 같은 일이었음에 의심의 여지가 없었다.

한편, 나는 또 생각했다. '나도 나중에 정말 나를 필요로 하는 사람에게 이렇게 아무 대가 없이 도움을 줄 수가 있을까?'

초행자의 행운으로 여행 첫날이 무사히 저물어 간다.

시작은 혼동과 함께

/

아침 일찍부터 숙소 복도에서부터 쩌렁쩌렁하게 들리는 중국어의 향연 덕분에 강제로 기상하게 되었다. 내가 묵은 숙소는 여행의 시작점인 톈진 항구에서 그리 멀지 않은 곳에 위치해 있었다. 다음 이동을 위해서는 톈진 도심으로 가야 했기 때문에, 미리 도심에 위치한 호스텔에 예약을 한 뒤 그곳으로 향했다.

우선, 오늘 달려야 하는 길을 지도로 미리 확인했다. 약 60㎞를 달려야 한다. 아침을 먹어야 한다고 생각했지만, 아직은 중국에 대해서 아는 것이 없다는 불안함 때문에 아침식사를 할 엄두도 내지 못한 채 채비를 하고 밖으로 향했다. 그런데 조급한 마음과는 달리 출발부터 삐거덕삐거덕거린다. 아직은 GPS를 보는 것이 익숙하지 않아서인지 방향을 잘못 잡은 채로 3㎞나 달리고 나서야 이 사실을 알게 된 것이다. 그때서야 방향을 다시 잡고 가는 길이 의심스러울 때마다 행인들에게 길을 물어가며 도움을 받곤 했다. 지도를 보는 것도 익숙하지 않고, 관광객이 많은 도심에 있는 것도 아니기에 그곳을 가장 잘 아는 현지인의 도움이 가장 큰 길잡이가 되어 주었다. 그렇게 현지인들을 붙잡고 길을 묻고 또 묻던 와중에 한 청년을 만나게 되었는데, 이 청년은 내가 중국어를 전혀 하지 못한다는 것을 깨닫고는 내게 종이와 펜을 달라고 하더니 뭔가를 적기 시작했다. 무슨 말을 적은 것인지 알 길이 없었기에 나중에서야 중국어를 할 줄 아는 지인을 통해 내용을 확인할 수 있었다.

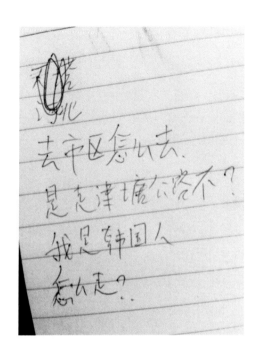

'나는 한국인입니다. 시내로 가려면 어떻게 가야 하나요?'

　내가 영어를 하지 못하는 현지인들에게 길을 물어볼 때 더욱 쉽게 의사소통을 할 수 있도록 나를 배려해 준 것이다. 이런 깊은 뜻을 알 리 만무했던 나는, 그가 메모지에 이 문장들을 적고 있을 때에조차 옆에서 멀뚱히 그를 쳐다만 보고 있었다. 고맙다는 말을 하지 못해 아쉬울 뿐이다.

　그렇게 톈진의 시내로 가는 것조차 쉽지 않았다. 어찌나 진입로가 복잡한지, 갈피를 못 잡고 길을 헤매고 있으니 역주행을 해서 가는 게 나을 거라고 알려 주는 사람도 있었다. 결국, 역주행을 감행해 가면서 겨우 숙소에 도착할 수 있었다.

그리고 나는 그렇게 힘들게 도착한 호스텔에 들어가 이틀 동안 호스텔 밖으로 나가지 않았다. 아니, 나갈 수가 없었다. 거우 밥 한 끼 먹기 위해 아주 가까운 대형마트를 찾아 들어간 것이 외출의 전부였다. 호기롭게 출발한 여정이었지만 낯선 환경에 적응하지 못하고 있었다. 모든 것이 갑자기 변해 버린 상황에 적응할 시간이 필요했다.

이 여행을 떠나기 전, 혼자 하는 배낭여행을 이미 여러 번 경험했고, 그 때문에 자전거 여행도 크게 다르지 않을 것이라 생각했다. 하지만 상황은 완전히 달랐다. 배낭여행은 출발지에서 도착지까지의 길 곳곳을 세세하게 알 필요가 없다. 점과 점의 연결, 이 표현에 딱 들어맞는 것이 배낭여행이라면, 자전거 여행은 길과 길을 이어나가는 선의 연결이다. 자전거 여행은 내가 가는 모든 길을 미리 알아보고 숙지하는 과정이 중요했다. 심지어는 어디에서 밥을 먹을지, 캠핑, 민박, 호텔 등 어떤 형식의 숙박을 취할 것인지 등등 고려해야 할 것이 많다. 이 때문에 나는 '앞으로 어떤 방식으로 여행을 해야 할 것인가?', '중국어를 어떻게 헤쳐 나가야 할 것인가?', '앞으로 얼마나 수없이 많은 길을 헤매야 하는 걸까?' 같은 생각들로 머릿속이 복잡해져 있었다.

이미 한차례 텐진에 예약한 숙소를 찾는 데만 약 1시간 가까이 길을 헤맸고, 현지인들과 몇 차례 대화를 나눠 보면서 영어만으로도 문제없이 여행이 가능할 거라 생각했던 나의 생각을 전적으로 뒤집을 수밖에 없었다. 중국을 그저 동남아시아로 가기 위한 중간 나라쯤으로 가볍게 생각했던 것도 판단 착오 중의 하나였다. 가볍게 지나가기엔 중국은 너무나 큰 나라였다. 계획하고 온 루트가 없단 것도 문제였다. 갑자기 모든 것들이 막연하게 느껴졌고, 넋을 놓고 있기엔 당장 해결해야 할 것들이 넘쳐나는 상황이었다.

다만, 내가 고려하지 않은 단 한 가지가 있다면 그건 바로 '포기하는 것'이었다. 쉽지 않은 여행이 될 것이라고는 떠나기 전부터 짐작하고 있었지만, 어떤 어려움이 닥쳐올지에 대해서는 사전에 정확하게 세부적으로 예측할 수 없었다. 생각보다 더 빨리 어려움을 겪게 되었고, 그래서 나는 얼어붙었다. 그럼에도 불구하고, 포기는 고려 대상에 없었다. 이 낯선 감정들과 친해질 시간이 필요했다. 숙소에서 꼼짝없이 이틀을 보내는 동안, 언어적인 문제와, 중국의 여행 루트, 숙박 문제 등 내가 예상하지 못했던 것들을 어떻게 헤쳐 나갈 것인지만 고민했다.

지금 이 순간 오로지 내게 필요한 것은 이 낯선 감정들을 마주하고 이것들과 친해질 용기, 그것뿐이다.

시행착오를 줄이는 방법

/

 중국에 도착한 이후 3일 동안은 문자 그대로 아무것도 할 수가 없었다. 심리적으로 압박을 받아서인지 식당에 밥을 먹으러 갈 수도, 마트에 장을 보러 갈 수도 없는 상태였기 때문이다. 인천국제여객터미널에서 부모님과 헤어질 때, 아빠가 내 손에 한가득 한국 과자를 쥐여 주셨는데 그것이 이 3일간의 유일한 식사이자 간식이 될 줄은 아빠도 나도 몰랐었던 것 같다.

 그렇게 앞으로 중국을 어떻게 여행해 나가야 할지 무척 고민하던 중에, 내가 중국으로 입국하기 한 달 전부터 중국을 자전거로 여행 중인 여행자 두 명과 연락이 닿게 되었다. 그들은 마침 내가 있는 도시인 톈진을 향해 오는 중이라고 했고, 나의 상황을 듣고는 일정만 맞는다면 자신들과 함께 자전거를 타도 괜찮을 것 같다고 얘기해 주었다. 그렇게 이들에게 합류하기로 결정을 하고, 민석이와 기욱이를 만나게 되었다. 혼자 여행을 시작한 지 겨우 며칠이 되지 않았는데 결국 동행인을 찾고 있는 나를 발견하면서, 적지 않은 실망감을 느끼기도 했다. 나는 내가 혼자 모든 문제들을 해결해 나가면서 여행할 수 있다는 것을 스스로 증명해 내고 싶었다. 나의 강인함을 증명해 내려다 오히려 나약함이 들통난 것 같기도 했다. 하지만 이들과 함께 자전거를 타기 시작한 날, 이 선택이 결코 잘못된 것은 아님을 바로 깨닫게 되었다. 혼자라면 분명히 많은 시행착오를 겪었을 일들도, 동행과 함께하니 조금 더 빠르게 여러 상황에 적응해 나갈 수 있었고, 든든한 지원군처럼 느껴지기도 했다. 훗날, 이들과 헤어지고 다시 혼자가 되었을 때에도, 이때 겪은 여러 경험들이 많은 도움이 되기도 했다.

　꼭 모든 것을 혼자 해야 할 필요는 없다는 것을 깨닫게 되었다. 아니, 깨닫게 된 것이라기보다는 나의 선택에 대해 나 스스로를 설득시키고 있는 중이었다.

보고, 듣고, 따라하며 함께한 초행길

/

 사실, 많이 불안했다. 혼자서 지도를 보고 목적지를 설정하며, 말이 통하지 않는 중국에서 그들과 소통해야 한다는 것. 혼자 텐트를 치고 그 나라의 음식을 먹는다는 것. 쉬워 보이지만 막상 닥치면 두려운 것들. 그래서 나는 나보다 한 달 먼저 여행을 시작한, 나보다 한 달이나 더 경험이 많은 여행자들과 함께 다니며 그들이 하는 방식을 따라 하기로 했다.

 한 달 동안의 경험을 통해 이들이 습득한 여행에 필요한 기본적인 중국어를 배우기도 하고, 텐트를 칠 때는 숲속으로 들어가거나 최대한 사람들의 눈에 띄지 않는 장소를 찾아서 잠을 청하기도 하였다. 하루에 약 80㎞를 달린다는 그들의 기준 역시 자연스레 내 기준이 되어 있었다.

 우리는 함께 톈진을 시작으로 남쪽 방향에 있는 항저우를 향해서 달리기 시작했다. 처음 만나 함께 자전거로 달리는 첫날, 다행히도 꽤 잘 다듬어진 도로 위를 달리게 되었다. 중국 도로의 98%는 포장 도로라고 하는데, 그 위엄을 자랑하듯 도로는 무척 매끄러운 상태였다. 덕분에 자전거가 거침없이 쌩쌩 앞으로 잘 나아갔다. 물론, 함께 자전거를 타는 것은 쉬운 일은 아니었다. 서로를 잃어버리지 않기 위해 앞뒤 사람이 시야에 들어오는지 항상 확인을 해야 하고, 그러기 위해서는 서로의 속도를 맞춰가며 달려야 했다. 목표한 거리를 살 안배하고 중간중간 휴식 시간도 함께 가져야 하기 때문에 서로에 대한 배려가 무척 중요하게 느껴졌다. 동행이 남성들이었기 때문에 이들은 처음부터 내가 속도에서 뒤처지지는 않을까 걱정을 했었는데, 일반적인 여성들에 비해 상대적으로 내 기초대사나 체력이 좋아서인지 속도가 떨어진다거나 하는 문제가 발생하진 않았다. 적어도 주행을 하면서 목표한 거리를 가지 못하는 등의 민폐를 끼치지 않으며 함께 달릴 수 있었다.

라이딩을 함께한 첫날. 평소에는 숙소보다 텐트에서 잠을 청한다던 이들이 나를 배려하기 위해 숙소를 알아보았다. 사실, 자전거를 타는 내내 먼지를 많이 뒤집어쓰기 때문에 샤워가 절실해지는 순간이 꽤 잦다. 중국에서는 관광지가 아닌 곳에서 숙소를 구하는 것이 쉽지는 않다. 빈관이라고 하는 숙소가 있지만 대부분의 빈관은 현지인을 위한 숙소로 등록이 되어 있고, 외국인을 받기 위해서는 지역 경찰(공안)의 허가가 있어야 하기 때문이다. 하지만 운이 좋다면 가끔 이른 퇴실을 조건으로 외국인을 받아주는 빈관이 있기도 하다. 물론, 이것이 합법적인 방법이라고는 할 수 없다.

우리는 톈진에서 약 70㎞ 떨어진 이름조차 알 수 없는 지역에 도착을 해서는 그 지역에 한 개밖에 없는 숙소에 들어가 숙박을 할 수 있는지 물어보았다. 매우 반갑게 우리를 맞이해 준 주인은 여권을 가져가 정보를 모두 기입하고는 방을 내 주었다. 무사히 숙소를 잡았다는 생각에 재빨리 방에 자전거만 넣어 두고는 저녁식사를 하러 나갔고, 해가 진 뒤에야 숙소로 돌아왔다. 몸은 피곤하지만 오늘 밤은 편히 잘 수 있다는 생각에 한결 가벼운 마음이었다. 그런데 우리가 숙소에 도착하자마자 숙소 주인은 우리를 거의 쫓아내다시피 하며 지금 당장 경찰서에 가 보라고 한다. 놀란 마음에 경찰서로 뛰어가 보았지만, 경찰관은 빈관에서의 숙박을 허가할 수 없다는 태도를 고수하고 있었고, 대화가 불가능한 수준이었다. 정확하게 소통이 되지 않는 상황이었지만, 외국인이 있는 호텔이 있는 다른 지역에서 숙소를 구하라고 하는 것을 알 수가 있었다. 하지만 빛이라고는 찾아볼 수가 없는 길 위에서 사고의 위험을 무릅쓰고 달릴 수는 없는 상황이었다. 간절한 마음으로 경찰관을 설득하려 했지만 짧은 우리의 중국어로는 해결할 수 없는 문제였다.

결국 우리는 불빛 하나 없는 길거리로 순식간에 내몰린 신세가 되고 말았다. 아마도 혼자였다면 당황해 아무런 엄두도 낼 수가 없는 상황이었겠지만, 일행이 있어 조금은 안심이 되었다. 늦은 시간이었지만, 텐트를 칠 수 있을 만한 공터를 찾기 위해 야간 라이딩을 시작했다. 이미 깜깜한 밤이었기 때문에 여러 위험 요소가 많아 많이 달릴 수는 없었고, 대충 널찍한 공터를 찾아 텐트를 쳤다. 그제야 겨우 잠에 들 수 있었다. 어두운 밤하늘, 의지할 수 있는 것이라고는 희미한 달빛과 함께 하는 동료들뿐인 밤이었다. 물론, 각자 가지고 있는 랜턴이 있었지만 마을에서 멀지 않은 곳이었기 때문에 혹시나 우리의 위치가 노출될 것이 걱정 되어 최대한 달빛에 의존할 수밖에 없었다. 다음 날 아침이 되어서야 우리가 텐트를 친 곳이 어디인지 제대로 확인할 수 있었는데, 우리가 잔 곳은 다름 아닌 도로 사이에 있는 작은 공터였다.

그렇게 차츰차츰 처음이라서 낯설고 힘든 것들에 적응해 나가기 시작했다.

　내게는 이 경험이 우리가 세상에 적응해 나가는 방식에 대해서 다시 한 번 생각해 볼 수 있는 계기가 되었다. 우리는 거의 모든 것을 누군가의 영향을 받아가며 터득한다. 세상을 바라보는 방식, 타인과 관계를 맺는 법, 심지어는 물건을 사거나 요리를 하는 것마저도 다른 이를 통해 배우며 성장한다. 나는 이들과 동행하며 '보고 배운다'는 표현을 이처럼 원초적으로 느껴 본 적이 없다는 생각이 들었다. 이들은 나보다 고작 한 달 빨리 여행을 시작했을 뿐인데, 그 한 달의 경험은 내게 너무나 큰 것이었고, 이들이 공유해 주는 것들을 내가 보고, 듣고, 따라하며 낯선 것들에 적응해 나갈 수 있었다. 어쩌면, 이것이 내게는 생존을 위한 본능이었다는 생각도 든다. 또한, 이런 방식을 통해 점차 나만의 방법을 찾아나갈 수 있었다.

　사실, 내 여행의 출발지가 중국이라는 이야기를 듣고 걱정을 하는 이들이 많았다. 유럽이나 미국, 호주같이 비교적 안전한 곳에서 먼저 자전거를 타 보고 그다음에 중국으로 가는 것은 어떠냐는 충고도 들었다. 하지만 결과적으로 중국을 시작점으로 정한 것은 잘한 선택이었다. 덕분에 함께할 수 있는 좋은 친구들도 만날 수가 있었고, 이들을 만나면서 혼자 자전거를 탈 수 있는 방법을 터득하고 자신감을 얻을 수 있었기 때문이다. 빨리 해 내야만 한다고 나를 재촉하는 사람도 없었다. 그저 아주 천천히 나 스스로의 속도를 찾아가는 것이 좋았고, 또한 내 인생도 그렇게 나만의 속도를 찾아간다면 좋겠다는 생각을 동시에 하고 있었다.

피할 수 없는 길

/

개인적으로, 자전거 속도가 잘 나오는 편이라고는 생각하지만 나는 오르막길에 무척 약하다. 평지를 달릴 때에는 속도가 빠르게 붙다가도, 오르막길만 만나면 느리다 못해 아주 힘겹게 자전거를 탔다. 평지를 달릴 때의 속도와 오르막을 달릴 때의 속도 편차가 너무 커서인지, 한번은 일행으로부터 "편식이 너무 심한 것 아니야?"라는 말까지 들었다.

하루의 반나절을 내내 오르막만 타던 날이었다. '이 정도면 이제 내리막이 나올 때가 되지 않았나?' 하는 생각을 계속했고 다리가 뻐근해지고 정신이 아찔해질 만큼 자전거로 계속 오르막을 오르는 게 너무 힘든 순간이었다. 빨리 정상에 다다라서 내리막을 탔으면 좋겠는데, 지칠 대로 지친 내 몸은 생각처럼 가볍게 움직여 주지 않았다. 더 이상 자전거를 타고 올라가는 것이 불가능해졌을 때, 자전거에서 내려와 65kg이 넘는 자전거를 끌고 오르막을 올라가야만 했다. 짐이 너무 무거워서인지 내가 자전거를 미는 게 아니라 자전거가 나와 함께 반대 방향으로 미끄러져 내려갈 것만 같은 느낌이었다. 고단했고, 지겨웠고, 울고 싶었다.

그렇게 끝나지 않을 것만 같았던 오르막 뒤에 만난 내리막은 말 그대로 환호성과 함께 내달리는 길이 되었다. 구불구불한 좁은 산길에 중간에는 공사현장도 있었지만, 시원한 바람을 맞으며 페달을 굴리지 않고 내 달리는 짜릿함이란 상상 이상으로 신나는 일이었다.

적어도 당분간은 다시 경험하고 싶지 않은 그 오르막을 오르고, 며칠이 지나고 나니 이런 생각이 들었다. 인생에도 그런 순간이 있지 않은가? 힘든 순간을 빨리 벗어나고 싶지만, 그 순간을 다 버텨 내기 전까지는 절대 벗어날 수 없는 상황들 말이다. 내 생각처럼 움직여 주지 않는 상황들, 오롯이 그 모든 것들을 이겨 내야만 하는 순간들 말이다.

나는 힘들고 어려운 일을 대면하게 됐을 때, 늘 제일 먼저 이 어려움을 피해갈 생각을 하곤 했다. 한국에서 자전거를 탈 때도 마찬가지였다. 힘든 오르막이 있는 길은 되도록이면 피하고, 조금 돌아가더라도 평지의 길을 선택했다. 하지만 자전거 여행을 한다면 필연적으로 만나는 오르막길을 만나게 되고, 이 오르막은 피하고 싶어도 피할 수 없는 경우가 대부분이다. 이런 오르막이 눈앞에 나타나면 나는 속으로 생각한다. '제발 내 눈앞에 보이는 길이 오르막이 아니기를'. 힘든 길임을 안다. 하지만 달려야 한다. 그리고 눈앞에 보이던 그 엄청난 오르막을 계속 달린다. 아니, 어쩌면 달린다는 표현보다는 천천히 자전거를 끌고 올라간다는 표현이 더 어울릴 것 같다. 때로는 정상이 어디에 있는지 생각조차 하지 않고 그냥 아무 생각 없이 달려 보기도 한다. 그러다 보면 어느새 정상에 올라가 있다. 눈앞에 보이는 엄청난 위엄에 압도되어 두려워했던 나 자신을 반성하게 되었다.

자전거 여행을 선택한 가장 큰 이유 중에 하나는 바로 이러한 어려움 때문이었다. 내가 좋아하는 것이면서 동시에 나 스스로를 단단하게 할 무엇. 자전거 여행은 배낭여행에 비해 상대적으로 힘든 부분이 많이 있고, 스스로 극복해야 하는 것들이 많은 여행이다. 그러나 무엇보다도, 내가 자전거를 좋아한다는 절대적 사실이 나를 이 여행으로 이끌었다. 좋아하기 때문에, 그 이유만으로 내가 모든 어려움에 맞설 수 있지 않을까 하는 막연한 자신감을 가지면서 말이다. 오르막길이 계속되더라도, 어느 순간에도, 내가 이 고철 덩어리를 버리지 않을 것이란 확신이 있었다. 이 여행의 모든 과정이 나를 한층 성장시킬 것이라는 바람, 그리고 믿음과 함께 말이다.

모든 것을 내어 주는 친구

/

여행을 시작한 지 약 2달이 채 되기 전, 난징에서 여행 중 동행의 자전거에 결함이 생겨 난징에서 항저우 방면으로 가는 길에 있는 한 도시에 있는 자전거 가게에 들어가게 되었다. 나를 포함해 세 명이었던 일행은 중간에 난징에서 합류한 한국인 여행자 한조로 인해 총 네 명이 되어 있었다.

자전거 가게에 도착한 우리는 고장난 자전거를 수리하면서 각자의 자전거를 점검하고자 했다. 각 자전거의 총 무게는 약 65kg 또는 그 이상이 되는 무게이기 때문에 자전거가 짐과 신체의 하중을 잘 견디어 내고 있는지 수시로 확인하는 것도 무척 중요하다. 짐을 주렁주렁 매단 자전거 네 대를 가게 앞에 세워 두고 가게 점원에게 이런저런 질문들을 던지는데, 가게 점원들이 갑자기 수리를 멈추고 우리를 반기면서 뜨거운 차(茶)와 과일을 내왔다.

가게의 주인인 사장님은 한쪽 팔이 없는 지체장애인이었는데, 신체적 어려움에도 불구하고 24시간 동안 자전거로 300km를 완주한다거나 꾸준히 자전거 여행을 다니는 등 장애를 극복하고 자전거를 타는 분이셨다. 그가 말하길, 자신이 지금까지 이렇게 자전거로 여행을 할 수 있었던 것은 여행을 하며 많은 사람의 도움을 받았기 때문이었다고 했다. 그는 아마 우리에게 동지애를 느끼면서도 동시에 자신이 경험했던 선의를 우리에게 베풀고 싶었던 것 같다. 그는 우리에게 앞으로의 일정, 잠을 자는 방식 등등 궁금한 것들을 물어보고는 우리가 가려는 길에 진흙길이 있다면서 다른 길로 우회해서 가야 한다고 했다. 길을 알려 주는 것으로는 성이 차지 않았는지, 그는 직접 우회로를 안내하겠다고 했고 약 10㎞ 정도 되는 길을 우리와 함께 달렸다. 길지 않은 길이었지만, 사장님의 라이딩은 무척 안정적이었고 오랜 경험이 있는 만큼 속도가 빠르고 노련했다. 그런 그의 속도를 따라가기에 버거웠지만, 조금 뒤처진 채로 간신히 일행들의 뒤를 쫓아 다음 마을에 도착할 수 있었다. 해가 뉘엿뉘엿 지고 있었던 터라 더 이상 도로를 달릴 수 없다고 판단해서인지 사장님은 그 마을에 있는 자신의 친구에게 연락해 우리를 부탁하고는 다시 길을 되돌아갔다. 시원시원하던 성격만큼이나, 그 뒷모습이 참 멋있었다.

첫날 빈관에서 쫓겨났던 이후로 우리는 줄곧 텐트 생활을 하고 있었다. 보통 3, 4일 정도를 텐트에서 자고 이후에 하루나 이틀 정도는 숙소를 잡아 편히 샤워를 한다거나 몸의 긴장이 풀어지도록 하는 식이었다. 대충 얘기를 전해 들은 사장님의 친구분은 우리가 텐트를 치고 잘 수 있도록 도와주셨는데, 지금까지 우리가 텐트를 쳤던 방법과는 다른 방식으로 안내를 해 주어 새삼 놀라웠다. 아저씨는 그냥 공터가 아니라 지붕이 있는 주차 공간에서 차와 오토바이를 다 빼내고 우리 네 사람이 모두 텐트를 칠 수 있는 공간을 만들어 주었다. 공안이 우리를 검사할 때에도 동네 주민들과 함께 나서서 우리가 자전거 여행자이고, 이곳에 텐트를 치는 것이 문제가 되지 않는다고 대변해 주시는 등 적극적으로 도움을 주셨는데, 이 덕분에 조금은 더 안전하게 하루를 지낼 수 있었다.

그리고 그날 밤, 한참 텐트를 설치하고 잘 준비를 하고 있는 우리에게 마을 주민 한두 사람이 다가와 뭔가를 잔뜩 건네 주었다. 봉지를 펼쳐 보니, 거기엔 사과, 오이, 차(茶)와 차를 우릴 뜨거운 물, 아이스크림, 생수 등이 들어 있었다. 중국에는 '친구의 친구는 나의 친구'라는 말이 있을 정도로 친구의 인연을 귀하게 여긴다고 하는데, 자전거 가게 사장님께서 맺어 준 인연 덕분에 마을 주민분들로부터 따뜻한 관심과 배려를 듬뿍 받게 된 밤이었다. 그리고 다음 날, 사장님의 친구분은 전날 사장님이 길 안내를 해 주셨던 것처럼 우리와 함께 약 5㎞를 달리며 진흙길을 피해 갈 수 있도록 끝까지 신경을 써 주셨다.

말보다 행동으로 보여 주는 중국의 정(情). 백 마디 말보다 한 번의 행동으로 마음을 펼쳐 보이는 중국인들의 정을 몸소 체험하니, 그들의 삶에 있어 '친구'란 얼마나 소중한 존재인지 새삼 깨닫게 되는 계기가 되었다. 나중에 우연히 만나게 된 중국인 교포 친구에게서 들은 이야기로는, 중국에서 친구란 '자신이 어렵고 힘들더라도 친구에게 도움이 필요할 때 자신의 것을 모두 줄 수 있는 존재'라고 한다. 우리가 경험한 것은 진정 '친구'의 정(情)이었고, 참으로 강력하고 진솔한 것이었다고 기억한다.

세계 각국에서 '친구'란 단어가 의미하는 것이 무척 다양하다는 사실이 매우 흥미롭게 느껴진다. 이 자전거 여행을 하기 전에도 캐나다, 케냐, 인도, 네팔, 호주, 유럽연합 등을 여행하며 여러 국적의 사람을 만나 친구의 인연을 맺기도 했지만, 중국에서의 이 경험은 가장 강력하고도 끈끈했던 '친구의 정'으로 남게 되었다.

나는 친구란 '힘들 때 옆에 있어 주는 사람'이라 생각했었다. 하지만 중국에서 '내 모든 것을 줄 수 있는 사람이야말로 진정한 친구'라는 말의 의미를 직접 경험하고 나자, 내가 정의내리고 있던 친구의 의미에 대해서 다시 한 번 생각해 보게 되었다. 어쨌거나, 우리에게 늘 '친구'가 필요하단 사실만큼은 변함이 없을 테지만 말이다.

보이는 것과 하고 싶은 것

/

약 두 달 동안 중국을 자전거로 여행하며 약 세 번 큰 산을 넘은 적이 있다.

첫 번째로 오른 산은 중국 산동(山東) 지방에 위치한 '태산(泰山)'이라는 산이다. 여행을 시작하고 한 달이 채 되기 전에 오른 태산은 우리에게는 양사언의 시조에 등장하는 유명한 대목 '태산이 높다 하되 하늘 아래 뫼이로다'로 친숙한 산이기도 하다. 태산은 중국의 오악 중 하나로, 산이 시작되는 지점부터 정상까지 이어진 돌계단의 개수가 7,412개라서 우리나라의 63빌딩을 총 여섯 번 오르내리는 것과 같다. 과거에는 태산이 신성한 산이라고 하여 단을 쌓아 하늘에 제사를 지내는 등의 봉선의식(제왕이 하늘과 땅에 왕의 즉위를 고하고, 천하의 태평함에 감사하는 의식)을 행했던 곳이라고 한다. 계단의 폭이 좁고 단차가 높아서 산을 오르는 동안 눈앞에 끝없이 이어지는 계단만을 쳐다보게 되던 곳이었다. 그 계단을 오르고 올라도 영영 정상에 닿지 못할 것만 같았던 태산을 끝내 올라 쾌재를 부르긴 했으나, 산행을 마친 다음 날 한 발자국도 움직이지 못할 정도로 힘들었다.

두 번째로는 중국의 5대 명산 중 최고라 칭하는 '황산(黃山)'을 1박 2일 동안 등반했다. 독특한 경관으로 인해 오래전부터 '천하의 명승지, 황산에 모인다'고 전해지며, 수많은 시인묵객들이 찾았다는 곳이다. 명산답게 운해를 볼 수 있는 곳으로도 유명하기 때문에 산의 꼭대기에는 일출과 일몰을 기다리는 관광객들로 북적인다. 황산의 꼭대기에는 등산객들을 위한 숙소가 마련되어 있지만, 시설에 비해서 비싼 금액을 지불해야 하고 많은 이용객들로 인해서 미리 예약을 해야 했기 때문에 우리는 등반을 시작할 때부터 산에서 야숙(野宿)을 하기로 결정했다. 그리고 꼭대기에서 아름다운 일몰과 운해를 감상한 뒤에 야숙을 했다.

세 번째는 중국 후난성 북서부에 있는 '장가계(張家界)'라고 하는 곳을 등반했는데, 이곳은 영화 〈아바타〉의 모티브가 된 곳으로 알려져 있다. 중국 특급보호구역이자 5A풍경구로 지정되어 있는 장가계. 5A로 지정된 곳은 중국의 여유경구질량등급(旅游景区质量等级)에서 최고 등급을 받은 곳을 의미한다. 여유경구(旅游景区)란 관광과 관련 활동 위주이거나 또는 일부의 기능을 지닌 지역으로, 유람, 휴가, 심신단련의 역할을 하고 독립적인 관광 지역으로 서비스가 실시되는 지역을 지칭하는 말이다. 장가계는 그만큼 천하제일의 절경이라고 하는 풍경들을 자랑하는 곳이었다. 그만큼 계속되는 등반의 연속이기도 했던 장가계. 모든 풍경들을 다 보기에는 1박 2일이라는 시간이 짧을 정도로 절경들이 곳곳에 위치해 있는 곳이기도 했다. 다행히 여행지에서 만난 캐나다 친구와 함께하면서 고단한 산행을 조금이나마 즐길 수가 있었다.

이렇게 총 세 번의 큰 산을 경험하고 도착한 곳은 중국 윈난성에 있는 해발 2400m의 고원도시 리장이다. 이곳에는 '호도협'이라고 하는 보물 같은 트레킹을 할 수 있는 장소가 있는데, 호도협을 가야 할지 말아야 할지 고민에 고민을 거듭했다. 이미 세 번의 등산을 통해 체력적으로 많이 지친 상태였고, 다시 한 번 산에 오를 동기 부여가 전혀 되지 않고 있었기 때문이다. 하지만 리장에 가면 호도협에 꼭 들러야 한다고들 하고, 호도협은 세계 3대 트레킹 코스 중 하나라고 들었기 때문에 일단 호도협에 가는 방법과 등산 코스 등을 알아보게 되었다.

사실 나는 중국에서 태산, 황산, 장가계를 거치면서 중국에서 더 이상의 등산은 없다고 스스로 결심을 한 상태였다. 체력적으로나 심리적으로 다시 산에 오를 만한 좋은 컨디션이 아니라는 판단이 들었기 때문이다. 하지만 반면에, 호도협에 올라야 할 여러 이유가 동시에 떠오르기도 했다. 운영하고 있는 여행 블로그에 호도협에 올랐다는 것을 보여 줘야만 할 것 같은 압박을 느꼈고, 누구나 다 하는 것이니 당연히 나도 해야만 할 것 같은 느낌이 들었다. 고민이 되던 중에, 친구들에게 이를 털어놓게 되었고, 친구들 또한 의견이 분분했다. 남들이 다 가는 데에는 그 이유가 있지 않겠냐는 의견과 가기 싫으면 안 가면 되지 무얼 고민하냐는 의견이었다. 하지만 그중에 단연 내게 강하게 와 닿았던 말이 있다.

"너는 남들이 다 하는 대로 무작정 따라 사는 게 싫어서 그렇게 멀리 떠나 놓고, 그 먼 곳에서 왜 또 같은 고민을 하고 있니?"

그렇다. 내 인생을 남의 기준에 맞추는 것이 아니라, 나 스스로 선택하고 설계하기 위해서 결심하고 떠난 여행이었다. 그런데 어느새 나는 나의 여행을 남들에게 어떻게 보여 줄지에 대해 고민하고 있었던 것이다. 친구의 뼈 있는 말은 내게 큰 충격을 주었고, 다시 한 번 마음을 다잡는 계기가 되었다. 그리고, 호도협에 오르지 않기로 결정했다. 내 여행에서 가장 중요한 것은, 남에게 어떻게 보일지 의식하여 조바심을 내는 것보다 내가 주체적으로 무엇을 하고 싶은가를 고민하는 거였다. 이 여행에서 '나'라는 사람이 빠지면 남는 것은 아무것도 없었다.

혼자 하는 여행의 본격 시작

/

중국에서의 약 3개월간의 여행이 끝나가고 있었다. 다음 여행지는 예전부터 너무나도 가고 싶었던 곳인 동남아시아로 정했다. 자전거 여행을 시작하면서 가장 기대하고 있었던 베트남, 태국, 말레이시아 등을 드디어 자전거로 갈 수 있게 된 것이다. 중국에서 함께했던 일행들은 한국에서 출발할 때 세워 두었던 계획대로 중국에서 중앙아시아로 가는 여정을 위해 헤어져야만 했다. 계속해서 동남아시아가 있는 남쪽 방향을 향해 가는 나와는 달리 북서쪽을 향해 가는 친구들과 서로의 건강과 안전한 여행을 기리며 길 위에서 다시 만나자는 기약 없는 아쉬운 작별인사를 했다. 그래도 중국에서 일행들과 함께 다니며 자전거 여행자로서의 생존방식을 잘 익힌 뒤였고, 동남아를 동행할 이를 구하지도 않았으니 이제 본격적으로 혼자 하는 여행이 시작되는 셈이었다.

혼자 하는 여행은 중국 남쪽에 위치한 구이린(계림)을 시작으로 베트남에 도착하기까지 계속되었다. 자전거로 혼자 달리기 시작한 첫날, 기분이 너무 좋았다. 앞에 있는 일행들을 따라가기 위해 안간힘을 쓰며 달리지 않아도 되었고, 오르막이 나올 때 속도가 조금 떨어지더라도 나를 기다리고 있는 사람들이 없으니 무리해서 자전거를 끌고 가지 않아도 되었기 때문이다.

그러나 해방감을 만끽할 여유도 없이, 당장 둘째 날부터 숙소가 걱정되기 시작했다. 계획된 여정의 구간별로 숙소가 있는 곳을 미리 알아보고 아무리 먼 거리여도 숙소가 여의치 않으면 일단 안정적인 곳까지 무조건 달렸다. 일행들과 함께할 때는 대충 아무 곳에나 텐트를 치고 야숙을 하곤 했지만, 막상 혼자가 되니 안전 등을 문제로 텐트를 치는 것은 일찌감치 포기하게 되었다. 혼자 감당해야 하는 것들이 많아진 만큼 걱정도 늘어났지만 한편으론 혼자 하는 여행이 주는 고요함의 묘미에 점차 빠져들고 있었다.

적막하고 고요한 상태를 즐기고는 있었지만, 때때로 저녁마다 왁자지껄 한참 동안 수다를 떨다 각자의 텐트로 돌아가 잠이 들던 저녁 시간이 그리워지기도 했다. 숙소, 일정, 식사 등 무엇이든 혼자 결정하는 것이 쉽고 재밌을 줄만 알았는데, 가끔씩 찾아드는 무료함이 어색하게 느껴졌다. 그래서 이 적막함을 달래기 위해 라디오 방송을 찾아 듣고는 했다. 그렇게 하루하루가 지나갈수록 사람들과 함께 자전거를 타던 나날들이 그리워지기 시작했다. 함께했을 때는 미처 소중히 여기지 않았던 순간들이 더욱 선명하게 머릿속에 그려졌다. 사람들과 함께일 때에는 자유를 그리워하는 한편, 혼자일 때에는 사람들과 온기를 나누며 서로를 북돋아주던 때를 그리워하게 되는 아이러니한 감정을 느끼게 되었다.

하지만 이제 혼자 여행을 하기로 다짐한 이상, 혼자라는 것에 적응해야만 하는 상황이 되었다. 사람들과 함께하며 익히고 배웠던 것들을 앞으로 다양한 상황에서 적용하며 나름의 방식을 찾아 스스로 해 나갈 수 있으리란 기대감이 앞섰다. 더불어, 이 쓸쓸함에도 점점 익숙해질 수 있지 않을까 생각하며 스스로를 위안하고 있었다.

자전거를 처음 배울 때 가장 크게 두려움을 느끼는 순간은 자전거에 올라 처음 페달을 밟을 때인 것 같다. 안장에 올라 두 바퀴가 쓰러지지 않도록 온몸에 균형을 잡고, 페달을 굴러 앞으로 나아가는 것이

처음에는 쉽지 않은 일이기 때문이다. 우리는 자전거와 함께 넘어지고, 다시 스스로를 일으켜 세워 페달을 밟아 나가는 반복된 연습을 통해 자전거를 온전히 원하는 방향으로 끌고 나갈 수 있게 된다.

자전거를 배우고 타는 것은 인생과 많이 닮아 있다. 우리가 인생을 주도적으로 살아나가는 것처럼, 자전거도 온전히 자신의 힘을 이용해야만 앞으로 달려 나갈 수 있다. 언젠가 마주치게 되는 절망적인 오르막에도 그 끝은 있기 마련이고, 그 뒤엔 환희가 느껴지는 내리막을 마주치게 된다. 마치, 고난 끝에 낙이 있다는 인생의 진리와도 같이 말이다. 그리고 어쩌면, 멈추지 않고 페달을 구르며 끊임없이 균형을 잡으며 천천히 때로는 빨리 앞으로 달려 나간다는 점이 가장 인생과 닮아 있다는 생각이 든다. 그리고, 넘어지는 연습을 통해 점점 더 숙달된다는 점까지도 말이다.

첫 페달을 내딛는 두려움을 감내하지 않고는 자전거를 배울 수 없는 것처럼, 무엇인가를 새로 시도할 때 두려움을 감내하는 자세가 필요하다. 두려움을 이겨내기 위해서는, 일단 실패할 가능성을 인정하고 받아들여야 하지 않을까? 실패가 없는 멋진 출발을 꿈꾸는 대신에 먼저 자전거 페달에 발을 올리고 내딛어 보는 것이다. 설사 넘어진들 어떤가. 넘어지는 것을 통해 다시 일어나는 법을 배울 수 있고, 무엇보다 그런 시도를 통해 다음으로 나아갈 수 있다는 사실이 중요한 것 아닐까.

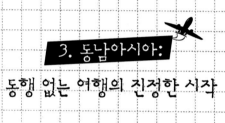

3. 동남아시아:
동행 없는 여행의 진정한 시작

육로를 통해 국경을 넘는다는 것

/

동행과 작별인사를 한 뒤에 나는 기차를 타고 계림으로 향했다. 중국 여행을 계획하며 나는 3개월이면 충분할 것 같다는 생각으로 3개월 단수비자를 받았었다. 그러나 대륙(大陸)이라 불릴 정도로 거대한 면적을 가진 중국을 3개월이라는 짧은 기간 동안 다 볼 수는 없었다. 그래서 비자가 남아 있는 기간 동안 꼭 가 보고 싶었던 리장(麗江)과 그 근교를 여행하기로 하고 계림(桂林)에 있는 한 호스텔에 자전거를 맡긴 뒤 며칠 동안 배낭여행을 했다.

자전거 여행을 하는 나에게 배낭여행은 휴식의 시간이었다. 그동안은 다음 날 어느 지역을 가고, 어떻게 이동할지를 고민하던 내가 배낭여행을 하면서는 이동을 하는 시간 동안 일기를 쓰거나 생각할 시간을 가질 수도 있었고, 지도를 자세히 확인하며 동남아시아의 여정을 계획할 시간을 가질 수도 있었다. 그렇게 차근차근 베트남으로 향할 준비를 했다. 총 15일이라는 짧은 무비자 체류가 가능한 베트남. 베트남의 북부에 위치한 도시인 하노이부터 남부 호찌민까지만 해도 2,000㎞에 달하는 거리이기 때문에 15일이라는 기간은 너무 빠듯해 보였다. 그래서 중국 계림에서부터 난닝까지 이동을 한 뒤에 난닝에서 베트남에 90일 동안 체류가 가능한 비자를 신청했다.

자전거 여행을 준비하면서 '육로로 국경을 넘는다는 것은 어떤 기분일까?' 상상해 본 적이 있었다. 한국이라는 지리적인 여건상 대부분 공항을 통해 다른 나라에 입국을 해 온 나로서는 단지 육로로 국경을 넘는 것 자체만으로도 설렐 수 있다는 것을 깨달을 수가 있었다. 그리고 그 시간이 기다려지기도 했다. 출국과 입국의 절차는 크게 다르지 않았지만, 중국과 베트남 간의 국경지대는 조금 흥미로웠다. 중국도 베트남도 아닌 곳. 중국에서 베트남으로 향할 때는 국경지대에서 환전 상인들이 환전을 해 주겠다며 줄을 선다. 대부분은 늘 공항의 환전소에서 환전을 하던 경험 때문인지 낯설기도 하고 신기하기도 했다.

베트남에 도착을 했을 때는 동남아시아의 우기가 시작되는 7월말이었고, 그렇게 베트남에서의 여정은 비와 함께 시작할 수가 있었다. 남쪽으로 갈수록 더워지는 날씨 속에서 쏟아지는 비를 맞으며 자전거를 타는 것은 쉽지 않은 일이었지만, 오히려 한차례씩 쏟아붓는 비는 잠시나마 더위를 날려 버리게 해 주기도 했다.

성희롱에 대한 두려움이 현실화되다

/

중국에서 일행들과 함께 자전거를 탈 때 몇 가지 암묵적인 규칙을 지키고 있었는데, 몇몇 규칙은 습관이 되어 혼자 자전거를 탈 때에도 자연스레 지키게 되었다. 일단, 하루에 평균적으로 약 80㎞의 라이딩을 하는 것. 휴식은 라이딩 중 마주치는 슈퍼에서, 캠핑은 텐트가 충분히 숨겨질 수 있는 공간을 찾되 현지인의 도움을 받을 수 있을 곳일 것 등 여러 번의 시행착오를 겪고 얻게 된 지혜를 따르게 된 것이다.

그리고 그렇게 시작된 혼자만의 자전거 여행은 계속되는 두려움과의 싸움이었다. 사실, 야밤에 혼자 텐트를 치는 것은 꿈조차 꾸지 못했다. 행여나 누가 텐트를 공격할 수도 있다는 생각이 있었기 때문이다. 여행을 시작한 이후 내내 좋은 사람들을 많이 만났고, 함께 달릴 때는 서로의 호흡을 맞추는 것에 집중했지만 혼자가 되면서는 앞으로의 여행에 대한 진행 방법이나 그날의 여정 등을 생각할 수 있는 시간도 많이 가지게 되었다. 여행을 시작한 중국에서 여러 사람들에게 좋은 에너지를 받으며 여기까지 온 것처럼, 동남아에서도 기분 좋게 여행을 시작할 수 있을 것만 같은 느낌이 들었다.

하지만 여성 자전거 여행자로서 늘 불안해하던 부분이 있었다. 치안이 좋지 않은 나라일수록 성희롱을 당할 확률도 높아질 것이라 생각했고, 그런 상황에서 어떻게 대처해야 할지 늘 고민이 되었다. 성희롱을 당하게 되면 절대로 가만히 있지 않겠다고 생각했고, 단숨에 제압할 수는 없겠지만 강경하게 대응하겠다고 마음먹고 있었다. 이미 여행을 시작하기 전부터 여성 자전거 여행자들이 겪고 있는 고충에 대해서 들은 바가 있었다. 이런 일들은 곧잘 갑작스럽게 일어나기 때문에 미처 슬기롭게 대처하지 못하는 상황이 발생하기도 한다는 것도 알고 있었다. 그렇기에 더욱 마음을 단단히 먹어야 했다.

그렇게 중국을 거쳐 베트남으로 넘어왔다. 다행히 베트남에 도착하기까지 별다른 일 없이 계획대로 라이딩을 잘 하고 있었다. 그러던 어느 날, 베트남의 북부와 남부를 나누어 주는 하이반(Hai Van Pass) 고개를 넘게 되었다. 대부분은 평지인 베트남에서 하이반 고개는 베트남에서 가장 높고, 긴 고갯길로 바람과 구름이라는 의미를 가지고 있다. 하이반 고개의 꼭대기에서 바라보는 풍경은 죽기 전에 꼭 봐야 할 절경 중 하나로 꼽히기도 할 정도로 유명하다. 497m의 높이인 하이반 고개를 넘어야 하는 날, 아침부터 비가 내렸다가 다시 해가 보였다가 하며 날씨가 변덕을 부리고 있었다. 적어도 폭우가 내리지는 않을 거란 일기예보를 확인하고서야 가뿐한 마음으로 자전거에 오르게 되었다.

하이반 고개에서 본격적으로 라이딩이 시작될 때 오토바이 운전자 여럿이 내 자전거를 지나갔다. 그들은 나를 지나치며 한결같이 두 가지의 반응을 보였다. 하나는 엄지를 치켜들며 나를 응원을 하는 부류였고 다른 한 부류는 마치 미친 사람을 본 양 의아하게 나를 쳐다보는 것이었다. 고개를 올라가는 동안 이 길을 자전거로 올라가는 사람을 단 한 사람도 보지 못하기도 했고, 심지어 자전거엔

어마어마한 짐들이 매달려 있었으니 그들 입장에서는 당연히 미친 사람처럼 보일 수도 있었을 것 같다. 하이반 고개를 올라가는 내내 마주치는 도로 안내 표지판은 지금 오르고 있는 고개가 8% 이상의 경사막으로 이루어져 있다는 것을 알려 주고 있었다.

오히려 흐린 날씨에 고개를 넘게 된 것을 감사해야 할 정도로 피로도가 높은 고갯길이었다. 땀을 닦아내는 것이 의미가 없을 정도로 이미 온몸은 땀으로 젖어 있었다. 페달을 스무 번도 채 굴리지 못했는데 휴식을 취해야 할 정도로 쉽지 않은 길이었다. 그렇게 한참을 올라가고 있는데 정상을 올랐다 내려오던 한 베트남 사람이 오토바이의 방향을 틀어 내 쪽으로 와서는 꼭대기까지 가는 것을 도와주겠다며 말을 걸어왔다. 돈을 요구할지도 모른다는 생각에 일단 의심을 했지만, 그가 연신 괜찮다며 호의를 받아들이라고 거듭해 말했다. 심지어 입구를 따지도 않은 새 음료를 내게 권하면서 내게 호의를 베풀었다. 문제는, 그가 영어를 할 줄 몰라 이 모든 대화를 보디 랭귀지로만 했다는 것이다.

베트남에 오기 전, 한 자전거 여행자의 블로그에서 이런 똑같은 상황을 겪은 훈훈한 일화를 본 적이 있었고, 내가 수십 번 거절을 했음에도 한사코 도움을 주겠다는 그의 호의를 더 이상 거부하기가 어려워 얼마 남지 않은 오르막이었지만 그의 도움을 받기로 했다.

짧은 구간이었지만 그의 도움을 받아 정상에 올라가는 동안 그에게 고마운 마음이 생겼다. 자신이 가야 할 길이 반대편임에도 불구하고 내 자전거를 오토바이 뒤쪽에 묶고는 정상 근처까지 끌고 올라가 주었다. 이런 그의 호의에 고마운 마음에 기념으로 함께 셀카를 찍으려고 하고 있었는데, 갑자기 그의 손이 허벅지 사이로 들어오는 것이 느껴졌다. 순간 소름이 끼치고 너무 놀라 몸을 뒤로 확 뺐다. 경악스러운 상황에 순간 사고회로가 멈춘 듯이 아무것도 할 수가 없었고, 그는 그 몇 초 사이에 재빨리 오토바이를 타고 달아났다. 나는 한동안 충격에 휩싸여 있었다.

성희롱을 겪을 확률에 대해 생각해 본 적은 있지만, 이런 식으로 호의를 베푸는 척하면서 성추행을 시도할 것이라고는 생각해본 적이 없었다. 처음에는 나는 나 스스로를 원망했다. 나는 왜 끝까지 거절하지 못했던 걸까? 더욱 단호하게 거절할 방법은 없었을까? 모든 사람들을 의심할 수도 없지만 그렇다고 무조건 신뢰할 수도 없는 노릇이었다. 내가 할 수 있는 최선의 행동은 이런 상황에 맞닥뜨렸을 때 처음에는 의심하고 경계하며 계속 주변을 살피는 것뿐이었다. 그 이후에 상대의 호의가 진심이라고 느껴지면 그 사람을 신뢰하려 노력했다. 그래야 현지에서 그들과 조금이라도 섞여서 문화나 언어를 배울 수 있는 기회가 많아지기 때문이다. 하지만 이번처럼 그 신뢰가 무너져 배신감을 느끼게 되면 그 이후 한동안은 타인을 신뢰를 하지 못하게 되고 긴장의 연속인 시간을 보내게 된다. 심지어 이런 사건을 겪은 뒤엔 해당 나라가 싫어지기도 한다.

생각보다 후유증이 길었고, 정신적으로 회복되기까지 오랜 시간이 필요했다. 이 충격에서 벗어나는 시간 동안, 베트남에서 지내는 것이 불쾌하게 느껴질 정도였다. 사실, 이런 시간이 오래될수록 나의 여행에도 좋을 것이 없었다. 주변을 경계하고, 마음에 벽을 쌓고 나를 방어하는 순간부터 여행은 불안의 연속이 되기 때문이다. 안 좋은 일은 되도록 빨리 잊는 것이 정신 건강에도 좋겠지만, 성희롱이나 성추행 같은 일은 여행이나 인생에 있어 트라우마가 될 가능성도 상당히 높기 때문에 그 타격이 너무나 크다. 내가 줄곧 '그때 내가 어떤 행동을 했어야 성추행을 당하지 않을 수 있었을까?' 하고 자책하게 되는 것이 억울했다. 사실 악랄한 건 상대의 취약한 점을 빌미로 나쁜 의도를 품는 그들인데 말이다.

기회란 무엇인가

/

   자전거로 세계 여행을 한다고 했을 때 가장 많이 들었던 말은 "그럼, 여행 다녀와서는 뭐 할 거예요?"라는 질문이었다. 사실, 나는 그 질문에 답을 할 수가 없었다. 왜냐하면, 자세하게 생각해 본 적이 없기 때문이다. 나는 애초에 이 자전거 세계 여행의 총 기간을 최소 3년 정도로 계획했었다. 결코 짧지 않은 기간인, 장기 여행이었기 때문에 나는 오로지 '어떻게 여행을 지속할 것인가'만 생각해 왔었다. 여행 그 이후에 대해서는 많은 계획을 세우지 않았다. 나는 막연하게 생각했다. 이 여행을 마치고 나면 분명 여행을 떠나기 전보다 훨씬 많은 기회와 가능성들을 발견하게 될 것이라고 말이다.

   이와 똑같은 질문을 나트랑의 한 게스트하우스에서도 들은 적이 있다. 나트랑은 베트남 호치민에서 북동쪽으로 약 320㎞ 정도 떨어져 있는 도시이다. 호스텔 옆의 좁은 골목길에서 여러 국적의 여행자들이 다 같이 모여 얘기를 나누고 있었는데, 미국 친구가 이 질문을 내게 건넨 것이다. 아직 아무런 계획이 없다고 대답을 했을 때, 옆에 있던 다른 미국 국적의 오토바이 여행자가 내 대답을 대신하듯 재미있는 이야기를 들려주었는데, 이 이야기가 내게 굉장히 신박하게 느껴졌다. 그가 들려준 이야기는 이렇다.

"나는 왜 여행을 하다가 자신의 고국에 돌아가야 한다고만 생각하는지에 대해서 질문을 하고 싶은데. 기회는 이곳에도 존재하는 것이고 그 기회를 잡을 수만 있다면 그곳이 꼭 고국이 아니어도 된다고 생각해. 예를 들어 보지. 우리는 지금까지 이 길 위에서 오랜 시간 대화를 나누고 있었고, 그동안 우리 주변에는 두 명의 아이들이 뛰어놀고 있었어. 아마 너도 그 아이들을 봤을 거야. 하지만 그 아이들이 입고 있었던 옷의 색상을 기억해?"

우리는 그 누구도 정확한 답변을 하지 못했다. 그리고 우리가 답을 하지 못하는 동안 그는 이야기를 이어 나갔다.

"아이들이 우리 주변을 돌아다니고 있었던 것을 기회라고 가정해 보자. 기회는 우리 주변을 맴돌고 있었어. 하지만 우리는 아이들이 어떤 색의 옷을 입었는지도 모를 정도로 관심을 두지 않았다는 거야. 기회는 그렇게 주변에서 맴돌고 있어. 다른 나라에서 여행을 하다 보면 남들이 보지 못하는 것을 발견하기도 하고 그 나라에서 할 수 있는 직업을 찾기도 하지. 자전거로 여행을 하면서 더 많은 경험을 쌓게 되면 이 친구는 다른 사람이 발견하지 못하는 기회를 발견하게 될 수도 있어. 아직 여행이 많이 남았기 때문에 여행을 끝낸 뒤의 일에 대해서 지금부터 걱정할 필요는 없는 거지."

그의 이야기는 질문을 던진 미국 청년의 말문을 막아 버렸다. 현재 이 순간 내 주위에 맴돌고 있을 기회에 대해서 나 또한 생각하게 해 주는 그의 이야기는 여행을 하는 동안 내 머릿속을 떠나지 않았다.

그날의 음악으로 기억하는 여행

/

혼자 자전거를 타기 시작한 이후로 나의 적적함을 달래주는 유일한 친구라고는 음악과 라디오뿐이었다. 베트남에서 자전거를 타는 내내 내 귓속을 타고 들어오는 노랫말이 있었다. '위잉위잉 비잉비잉'이라는 다소 중독성 높은 멜로디에 가사가 덧붙여진 노래로, 밴드 혁오의 앨범에 수록된 트랙 중 하나였다. 베트남에서 자전거를 타는 동안 가장 많이 들었던 음악이 바로 밴드 혁오의 EP 앨범 〈20〉이었다. 거의 매일 혁오의 음악만 들었다고 해도 과언이 아닐 정도였다.

베트남은 뜨거운 태양이 늘 따라다녔다. 잠시 그늘을 만나 휴식을 취하고 있으면 흘러내린 땀은 어느새 소금결정체가 돼 버릴 정도였다. 자전거를 타기 위해 페달을 굴리면 단 5분 만에 땀이 삘삘 흐르고 숨이 막힐 것만 같은 뜨거운 열기가 콧속에 들어찼다. 그리고 이 순간을 더 잘 이겨 내기 위해 좋아하는 음악들을 재생시키고는 했다.

음악엔 어떤 기억들을 순식간에 소환하는 힘이 있다. 내가 베트남의 뜨거운 태양이나 습한 바람, 갈증, 온몸을 적시며 흐르던 땀 같은, 이제는 몹시도 그리운 그 기억들을 떠올리고 싶을 때면 혁오의 음악을 틀기만 하면 된다. 자전거를 타며 들었을 때처럼, 이어폰을 귀에 꽂고 혁오의 음악을 듣고 있노라면 생생하게 그날의 감각이 되살아나곤 한다. 어느 때엔, 눈을 뜨면 당장이라도 내가 베트남의 어느 도시, 뜨겁게 달궈진 도로 위로 당장이라도 돌아갈 것만 같은 느낌이 들기도 한다. 그리고 그 기분을 즐긴다. 이런 음악이 몇 개 더 있다. 음악으로 기억되는 여행지들 말이다. 그 음악들은 아마도 영원히 나의 플레이리스트에 있게 되지 않을까.

자전거 여행의 묘미

/

 적응하지 못할 것만 같았던 베트남에서 어떻게 하면 최대한 나를 보호하면서 다닐 수 있을지에 대해서 고민했다. 밤에 자전거를 타지 않는다, 낯선 사람이 먼저 접근하면 의심을 해 보자, 건강에 이상신호가 생기면 휴식을 취한다. 이와 같이 여행을 하면서 지켜야 하는 최소한의 안전수칙을 만들었고, 시간이 지나면서 바뀌기도 하고 추가가 되기도 했지만 나와의 약속을 지키면서 다니다 보니 조금은 더 여행을 즐길 수 있게 되기도 했다.

 서서히 안정을 찾아 가다 보니 조금씩 현지 사람들에게도 마음을 열 수 있게 되었다. 길 위를 달리다 보면 어디에선가 들려오는 아이들의 끊임없는 "Hello" 인사로 숨바꼭질을 하는 느낌이 들기도 하고, 도심에서 벗어나 아이들이 호기심 가득한 눈빛으로 인사를 건네면 나도 모르게 저절로 미소가 지어지기도 했다.

 베트남 남부에 위치한 수도 호찌민에 도착을 했을 때는 10년 전 함께 아프리카에서 자원봉사를 했던 동생인 나연이가 호찌민에 거주하고 있다는 것을 알게 되어 약 10일 동안 나연이의 집에 머물기도 했다. 나연이는 베트남에 거주하며 알고 지내는 친한 현지 친구들을 소개해 주었고, 우리는 함께 한식을 만들어 먹기도 하고 베트남 현지인이 알고 있는 맛집에 가서 식사를 하기도 했다. 그리고 내가 캄보디아를 향해 갈 때는 친해진 베트남 친구 제시카가 자신의 캄보디아 친구를 소개해 주어 캄보디아를 달리는 동안 새로운 친구를 만날 생각에 설레기도 했다. 그렇게 현지인과 섞여서 그들의 삶 속으로 잠시 들어가 본다는 것 자체가 즐거운 여행이었다.

물론, 자전거로 달리다 보면 오르막을 만나기도 했고, 비포장길을 만나 힘들게 자전거를 타야 하는 순간들을 필연적으로 경험하게 되기도 했으며, 늘 같은 풍경이 눈앞에 펼쳐지는 것 같은 느낌에 무료해지기도 했다. 하지만 그렇게 조금씩 혼자 하는 여행에 적응해 가고 있었다.

다시 되새긴 출발의 의미

/

3년, 자그마치 3년을 계획하고 시작한 여행이었다. 중국을 시작으로 베트남을 지나 캄보디아 그리고 태국까지, 이제 막 6개월이 지나가고 있다. '내가 원하는 것', '죽기 전에 해 보고 싶었던 것'으로 오랫동안 꿈꿔 왔던 여행이었기 때문에 절대로 지치는 일은 없을 것이라 생각했지만, 여행 6개월 차가 되어 가면서 몸과 마음이 지쳐 가고 있다는 걸 느끼고 있었다. 계획했던 여정에 비하면 아직도 갈 길이 한참이나 남아 있었지만, 반복되는 라이딩에 슬슬 지루해지고 있었고, 내가 가장 경계하던 슬럼프가 찾아온 것 같았다.

여행의 목적이 무엇이었는지 다시 생각해 봤다. 세상을 향한 두려움을 뛰어넘고 싶었고, 지금껏 내가 보지 못했던 세계를 보며 시야를 넓히고 한층 성장하고 싶었다. 하지만 슬럼프는 생각보다 너무 빨리 찾아온 것 같았다. 아무에게도 이 답답하고 힘든 마음을 표현할 수가 없었다. 한국에 있는 많은 사람들이 내게 말하곤 했다. "네가 부러워. 너는 너무 좋겠다. 네가 하고 싶은 걸 하며 살다니!" 내게 이렇게 말하는 사람들을 향해 나의 힘든 심정을 말할 수는 없었다. 그렇게 속앓이를 하던 중 프랑스에서 유학 중인 친동생과 통화를 하게 되었고, 내가 왜 이렇게 마음이 힘든 건지 조금이나마 알게 되었다.

전 세계엔 230여 개국의 나라가 있다. 여행 6개월 차인 내가 이때까지 달린 나라는 총 4개국. 경험한 나라보다 남은 나라가 비교도 안 될 정도로 많이 남은 내게, 전 세계를 다 돌아보겠다는 나의 호기로운 마음은 오히려 슬럼프가 오기 딱 좋은 상태였던 것이다. 나는 오직 '전 세계를 다 여행할 거야!'라는 생각이 있었지만, 이 장기 여행에 동기부여가 될 만한 중간 목적지들이 없어 더욱 버겁고 힘겹게 느껴졌던 것이다. 계획이 너무 크고 장대하다면 그 안에 작은 목적지를 설정해야 즐거운 마음으로 다음의 목적지까지 잘 달릴 수가 있다. 장기목표만큼이나 단기목표 설정 또한 필요했던 것이다. 그런데 나에게는 그런 목적지가 없었던 것이다. 너무 큰 그림만 생각하며 달리다 보니 마치 끝이 없는 지평선을 달리는 것처럼 이 여정이 힘들다고 느껴질 수밖에 없었다. 그래서 정하게 된 나의 중간 목적지는 바로 유럽이었다! 그리고 이렇게 중간 목적지를 정하고 나니 마음이 한결 편안해졌다.

슬럼프와 사귀는 방법

/

중간 목적지로 유럽을 가기로 정하고 나니 마음이 한결 편해졌다고는 하지만 이미 지쳐 버린 몸과 마음이 쉽게 회복되지는 않았다. 한 가지 목적을 향해 달리다 보면 지치는 순간이 오기 마련이다. 하지만 그 상태에서 아무것도 하지 않으며 내 열정이 다시 되살아나기만을 마냥 기다리고 있을 수만은 없다. 아니 사실 기다려 볼까 하는 무기력한 생각을 하기도 했다. 하지만 그 생각을 하는 것만으로도 괴로워졌다. 어느 것이 맞는 걸까?

이런 저런 고민에 빠졌을 때, 우연히 한 게스트하우스에서 만난 어느 여행자가 나에게 이런 조언을 했다.

> "너무 한 가지에만 몰두 하다 보면 더 힘들 수가 있어요. 잠시 한 달 정도 다른 일을 해 봐요. 자원봉사도 좋고, 배낭여행도 좋고, 한 달 동안 집을 빌려서 지내 보는 것도 좋아요. 아마 그런 시간을 보내고 나면 다시 자전거를 타고 싶어질 거예요."

자전거 여행이라는 타이틀을 걸고 시작한 여행이었기 때문에 다른 방법으로 여행을 하는 것이 의미가 있을까 하는 의문을 가지기도 했다. 하지만 내게 조언을 해 준 여행자 또한 수년간의 장기 여행 경험이 있는 사람이었고, 그의 말이 일리가 있다고 판단했기 때문에 믿고 실행에 옮겨 보기로 했다. 이 상태를 버티며 자전거를 계속 타는 것, 혹은 자전거와 잠시 떨어져 지내보는 것. 이 두 가지 선택지를 앞에 두고 나는 불안하게 흔들리고 있었다. 오랜 고민 끝에, 계속 이렇게 자전거를 타다가는 이 여행 자체를 포기할 것만 같다는 생각이 들었고, 보다 장기적인 목표를 위해 이 조언을 받아들이기로 결정했다. 당시 내게는, 이 여행을 지속할 수 있게 만들 다른 무언가가 필요했기 때문이다.

그렇게, 나를 이 슬럼프에서 헤어 나올 수 있게 만들리라 기대하며 결정한 여행지는 바로 미얀마였다.

시포로 가는 길

/

    한 달이 조금 안 되는 시간 동안 미얀마 배낭여행길에 올랐다. 그중 미얀마의 북부에 위치한 작은 도시인 시포로 가는 길에는 세계에서 두 번째로 높은 철교 곡테익 철교(Gokteik Viaduct)가 있다. 이 철교를 보기 위해서는 불편하더라도 오래된 기차를 타고 이동을 해야 한다. 미얀마는 한국에서 아주 오래전 사용되었던 기차를 수입하여 개조를 한 뒤에 현지 기차로 운행을 하고 있는데, 그래서인지 한국인들에게는 미얀마의 기차들이 더 익숙하게 느껴지기도 한다. 내가 탑승을 했을 때에는 기차의 열차 칸에 선명하게 새겨져 있는 '재멸이'라는 단어를 발견하기도 했다. 하지만 연식이 오래된 만큼 덜컹거림도 심했다.

    기차에 올라 자리를 잡고 출발을 기다리는데, 그 사이 내 옆자리에 스위스에서 여행을 온 백발의 부부가 좌석에 앉았다. 두 사람은 서로 대화를 많이 나누지는 않았지만 좌우로 흔들거리는 기차 안에서 서로에게 과일 한 조각, 물 한 모금 등을 챙겨 주는 등 다정한 모습을 보였다. 그들은 종종 함께 탑승한 가이드의 안내에 따라 기차 이쪽저쪽으로 자리를 옮겨 가며 다양한 풍경을 함께 감상하기도 했다. 나는 기차 안에서의 무료한 시간 동안 이 노부부를 종종 쳐다보며 시간을 보냈다. 두 사람을 보며, 나는 자연스레 한국에 계시는 부모님 생각을 하게 되었다.

여행을 하는 동안 부모님 세대의 여행자들을 종종 만나곤 했다. 나는 그때마다 엄마 생각을 하곤 했다. 삼 남매를 키우시며 이제껏 단 한 번도 해외여행을 한 적이 없으셨는데, 나 홀로 이런 따스한 햇살을 맞으며 아름다운 경치를 보고 있노라니 언젠가 엄마가 했던 얘기가 생각이 났다. "너희들이야 해외여행을 많이 나가지만, 나는 너희 키우는 시간이 너무 쏜살같이 지나가서 이제껏 해외여행 한 번 할 시간이 없었어. 여권 만든 지가 벌써 몇 해가 지났는데, 그걸 한 번도 써 보질 못했네." 엄마의 말을 떠올리니, 많은 부모님들은 자식을 위해 헌신하느라 자신의 즐거움보다 자식의 미래를 위해 살아가셨지 않을까 하는 생각이 들었다. 그리고는 내가 여행을 시작할 때 다짐했던 약속, 네팔에서 엄마와 함께 여행하기를 꼭 이루고 싶어졌다.

가이드의 노력이 준 교훈

/

그렇게 덜컹거리는 기차를 타고 도착한 곳은, 미얀마 북쪽에 위치한 시포라는 작은 마을이었다. 아직까지 여행자들에게는 많이 알려지지 않은 한적한 마을로, 미얀마 여행 중 가장 내 마음을 사로잡았던 곳이기도 하다.

기차를 타고 시포로 가는 동안 잠시 멈췄던 한 정류장에서 몇몇의 아이들이 팸플릿을 들고 열차 칸 안으로 뛰어 들어온다. 그들에겐 열차 안에 있는 우리 모두가 잠재 고객인 셈이다. 아이들은 우리에게 한 명, 한 명 눈을 맞추며 인사를 하고는 각자 자신들이 담당하고 있는 숙소를 소개하기 시작했다. 아이들의 열띤 숙소 홍보에 관심을 갖고 설명을 듣고 있자 하니, 아이들은 숙소의 소개를 하는 것뿐만 아니라 창밖 너머에 보이는 풍경과, 시포에 있는 작은 폭포나 호수에 대해서도 설명을 늘어놓았다. 그렇게 한참 동안 우리 앞에 앉아 조잘조잘대는 그들의 이야기를 듣고 있다 보니 어느새 기차는 시포역에 도착했다.

시포역에서 내려 기차에서부터 내게 조잘조잘 떠들어대던 한 아이를 따라가니 숙소까지 이동할 수 있는 트럭버스를 타는 곳에 도착했다. 트럭의 뒤쪽 수납 부분을 개조해 좌석을 만들어 놓은 셔틀차량이었다. 아이들은 손님을 모아 가는 것에 신이 났는지 연신 농담도 하고 함박웃음도 짓는다. 비포장도로를 달리며 덜컹거리는 트력에서 엉덩이가 공중으로 10㎝ 이상 오르내리며 연신 엉덩방아를 찧었지만, 함께 차량에 오른 외국인 친구들과 통성명을 하다 보니 어느새 숙소에 도착했다.

시포는 여전히 그들의 자연경관이나 문화를 잘 보존하고 있는 곳 중 하나로, 이곳을 방문하는 여행자들은 관광보다는 트레킹(Trekking)을 하려는 사람이 많다. 이곳에서 트레킹을 하는 2박 3일 동안 이들이 전통적으로 마을을 잘 보존하고 있는 비결을 알게 되었는데, 그것은 다름 아닌 이곳 가이드들의 여러 노력 덕분이었다.

시포에서 트레킹을 할 때, 나와 함께했던 가이드는 시포의 어떤 마을의 총장이자 한 가정의 아버지인 사람이었다. 나는 한국, 미국, 호주, 뉴질랜드 국적의 사람들 6명이 모인 그룹에 속해 있었는데, 그는 우리가 쏟아내는 여러 질문에 친절하게 답을 해 주었다. 그중 가장 인상적이었던 것이, 그들이 자신들의 문화를 지키기 위해 어떤 노력을 하고 있는지에 대한 이야기였다. 시포의 가이드들은 관광산업이 전통문화를 해치지 않는 선에서 이뤄지게 하기 위해서 서로 자주 만나 이야기를 나누며 조언을 아끼지 않는다고 했다. 그리고 관광객들이 어린아이들에게 돈을 주는 행위를 하지 못하도록 철저하게 주의를 시킨다고도 했다.

후진국을 여행할 때 자주 볼 수 있는 광경 중 하나가 어린아이들이 관광객들에게 달려와 "One dollar!"를 외치는 장면인데, 시포에서는 그런 아이들을 찾아볼 수가 없었다. 가이드는 그 이유에 대해서 이렇게 설명했다.

"아이들에게 한 푼, 두 푼 주는 것은 실질적으로 도움이 되지 않아요. 구걸을 해서 돈을 쉽게 얻는 방법을 알게 된다면, 아이들이 어떤 꿈을 꿀 수 있을까요? 아이들에게 정말 도움을 주고 싶다면, 제게 얘기해 주세요. 학교를 연결시켜 드리겠습니다."

진심으로 아이들을 돕고 싶다면, 아이들이 학교에서 조금 더 나은 교육을 받을 수 있도록 하는 것이 아이들의 삶과 그들이 살아갈 마을을 위한 일이라는 것이다. 그리고 이런 노력을 통해 자신들의 문화가 훼손되지 않도록 모두 함께 애쓰고 있다고 설명했다.

그를 보며, 그가 단지 가이드라는 직업을 생계 수단뿐만 아니라 한 마을을 지키기 위한 수호신처럼 여기고 있다는 생각이 들었다. 미래의 아이들을 위해, 한 마을의 어른으로서 책임감을 가지고 자신들의 문화를 보전하고 앞으로 더 나은 방향으로 나아갈 수 있도록 하는 것이다. 그의 그 마음에 진심으로 감사한 마음이 들었다.

궁금한 건 묻고 또 묻자

/

시포에서 트레킹을 하는 동안, 나는 나와 함께 있던 세 명의 외국인 친구들이 이 여행을 어떻게 즐기고 있는지 흥미롭게 지켜보곤 했다. 이 친구들은 트레킹을 하는 내내 줄곧 가이드의 옆에서 끊임없이 여러 질문들을 하곤 했다. 질문은 아주 사소한 것에서부터 쉽게 답하기 어려운 심오한 질문까지 문화, 역사, 정치를 넘나들며 무척이나 다양했다.

학창시절부터 지금까지, 살아오면서 무심코 자주 들었던 말 중 하나가 "모르면 가만히 있어. 가만히 있으면 중간이라도 가지"라는 말이다. 하지만 이 친구들은 자신들이 모르는 것에 대해 주저하지 않고 질문에 질문을 거듭했고, 이를 통해 적극적으로 현지의 문화를 배우고 있었다. 그렇게 현지의 문화를 존중하는 방법도 익히고 있었다. 질문을 함으로써 그들의 언어가 발생된 뿌리를 이해하여 더욱 쉽게 언어를 습득하고, 어떻게 차를 마시는지, 식사 예절은 어떠한지 빠르게 이해하고 적응해 나가고 있었다. 그런 이들을 보며 생각했다. 아, 이렇게 가만히 있다가는 중간도 못 가겠구나!

외국인 친구들의 모습을 통해 나를 반성하게 되었다. 모른다는 것을 남들에게 들킬까 부끄러워 늘 입을 다물고 가만히 있었는데, 이런 행동을 통해 오히려 내가 몰랐던 세계에 대해 더 많이 배울 수 있는 기회들을 다 놓치고 있었던 것이다. 그동안 내가 얼마나 많은 것을 놓치고 있었는가. 나는 이 친구들을 통해 내 모습을 반추하며, 앞으로는 더 많은 질문을 부끄러워하지 않고 하겠노라고 다짐했다.

나는 지금까지 나 스스로에게 많은 질문을 던지며 살아 왔었고, 그 질문들을 통해 이 여행에 확신을 가지게 되었었다. 내게 확신을 준 질문들처럼, 세상에 대한 질문들 또한 필요하다는 것을 피부로 경험할 수 있는 일이었다.

질문이 사라지면 성장 또한 멈춘다고 한다. 자신에게도 또한 세상을 향해서도 끊임없이 질문을 던진다면 어떨까. 나는 그리고 세계는 지금 어디를 향해 가고 있는지 질문하자. 나는 지금 어디쯤에 와 있는 걸까.

유태인 부모는 학교에 다녀온 자녀에게 "오늘 무엇을 배웠니?"라고 묻지 않고 "오늘 무엇을 질문했니?"라고 묻는다고 한다. 배움이 어디서부터 시작되는지, 그 근원을 알기 때문이다. 우리는 묻는 것을 두려워한다. 한국사회는 아직 질문하는 문화가 형성되지 않은 것 같아 무척 아쉽다. 그러나 내가 이렇게 생각하는 것만큼이나, 최근 한국사회에도 여러 질문들이 던져지고 있는 것 같다. 그 질문들을 통해 우리가 더 다양한 관점에, 더욱 넓은 세계에 도달할 수 있기를 바라는 마음이다.

새로운 경험을 통해 낯선 나를 만나다

/

미얀마 여행을 마치고 나니 자전거를 타고 싶다는 생각이 들었다. 그래서 자전거를 맡겨 둔 방콕의 호스텔에서 자전거를 찾아 태국의 남쪽 방향으로 달려 나갔다. 다행히 미얀마에서 우연히 만난 일본 자전거 여행자 츠토무와 약 일주일 동안 동행을 할 수가 있었고 그래서 그런지 슬럼프를 이겨내고 즐겁게 자전거를 탈 수가 있었다. 약 일주일 정도 자전거를 탔을 때 도착한 곳은 꼬따오(Koh Tao)였는데, 꼬따오는 태국의 동쪽에 있는 작은 섬들 중 하나이다. 꼬따오에 방문하는 대부분의 사람들은 이곳에서 스킨스쿠버 자격증을 따기 위해 며칠간 섬에 머무르게 된다. 나는 다른 여행자의 추천을 받고 이 섬에 대해서 듣게 되었다. 그가 설명하길, 꼬따오에 가면 하루 종일 스노클링을 할 수 있는데, 가격 또한 저렴한 편이어서 인생에 한 번쯤 꼭 해 볼 만한 경험이라는 것이었다. 수영을 좋아하기도 하고, 스노클링에도 관심이 있었기에 이 말을 그냥 흘려들을 수가 없었다.

야간에 출발하는 배를 타고 새벽이 되어서야 꼬따오의 선착장에 도착을 했다. 선착장에서 눈앞에 보이는 가파른 오르막길을 힘겹게 자전거를 끌고 올라갔다. 해가 뜨기도 전이라, 숙소 앞에서 문이 열리기 전까지 쪽잠을 청하고 나서야 비로소 체크인을 할 수가 있었다. 도착한 첫날은 자전거 여행을 하는 동안 쌓여 있었던 피로를 풀고 휴식을 취하면서 숙소 주변의 풍경을 봤고, 다음 날 할 수 있는 스노클링 업체를 수소문했다. 그리고 다음 날, 생에 처음으로 스노 클링을 하러 바다로 나갔다. 수영을 좋아하긴 하지만, 바다처럼 발이 닿지 않는 곳에서 수영을 했던 경험이 별로 없었기 때문에 잔뜩 긴장을 하고 있었다. 동시에, 깨끗한 바다 속에서 헤엄치는 물고기들을 가까이에서 볼 수 있을 거란 기대에 흥분이 되기도 했다.

안전하게 구명조끼를 입고 스노클링을 하며 바다에서 즐거운 시간을 보내는 동안 이런 생각이 들었다. '여기서 이렇게 시간을 보내는 것도 재미있는데, 저 바다 깊숙이 들어간다면 얼마나 더 재미있을까?' 결국, 그 궁금증을 해결하기 위해 스킨스쿠버 코스를 알아보게 되었고, 비용이 부담이 되긴 했지만 그만큼 값진 경험이 될 것이란 생각에 주저하지 않고 수업을 신청하게 되었다. 나의 이런 결정에 따라 일주일 동안 동행을 했던 츠토무는 자신의 여행을 위해 나에게 작별인사를 했다.

스킨스쿠버 수업 첫날부터 깊은 물속에 들어가 내 숨소리에 가장 크게 집중할 수 있는 시간을 가지면서 흥미를 더욱 끌어올리게 되었고, 기본적인 영법, 물안경에 물이 찼을 때 물을 빼는 방법, 각종 물고기를 보며 어떤 종이었는지 확인하는 시간 등을 가졌다. 그렇게 일주일 동안 어드밴스드 코스까지 등록해 수업을 수료하게 되었고, 그 기간 동안 나는 산보다 물을 더 좋아하는 사람이라는 것을 깨닫게 된 것이 나름의 수확 중의 하나이기도 하다. 그동안은 보지 못했던 바다생물을 볼 수 있다는 것과 어드밴스드 코스 수업을 진행하며 볼 수 있었던 난파선 또한 인상적이었다. 어드밴스드 코스의 과정에서는 난파선의 선내까지는 들어가 보지 못하지만, 바깥에서 내부를 구경하는 것 자체만으로 흥미로운 경험이었다. 그렇게 바다 속 깊은 곳을 헤엄치고 있다는 것 자체가 신비롭고 특별한 경험으로 생각되었다. 지구의 70%가 물로 이루어져 있다고 하는데, 이렇게 스킨스쿠버를 하게 되면 지구의 더 많은 곳들을 보게 되는 것은 아닐까 하는 기대감도 생겼다.

스노클링이나 스킨스쿠버를 해 보지 않았다면 나는 당연히 내가 산을 제일 좋아하는 사람인 줄로만 알았을 것이다. 하지만 호기심으로 인해 전에는 경험해 보지 못한 새로운 시도를 해 보게 되었고, 이를 통해 이전에는 알지 못했던 새로운 사실을 발견하게 된 것이다. 단순한 호기심을 그냥 흘려보낼 것이 아니라 당장 해 볼 수 있는 작은 시도라도 해 보면 더 많은 나를 발견하게 된다는 것 또한 좋은 수확 중에 하나라는 생각이 들었다.

오랜만의 설렘

/

여행이 오래될수록, 처음 여행을 시작할 때만큼의 설렘을 느끼기란 쉽지 않다. 매일 마주치게 되는 낯선 풍경에도 적응을 하게 되고, 현지인을 만나는 것에도 거리낌이 없어지기 때문이다. 오히려 숙소나 텐트 칠 곳을 알아본다거나, 끼니를 어떻게 해결해야 할지 고민하는 등 여러 가지 다양한 환경에 매일 적응해 나가며 현실적인 문제들로 인한 스트레스에 시달리게 된다. 동행이 있다면 어려운 상황에서 서로 의지하며 지낼 수가 있으니 심리적으로 조금 편안함을 느끼게 되지만, 혼자 있게 될 때면 잠을 자면서도 밖에서 들려오는 작은 소리 하나하나에 잔뜩 긴장을 하게 된다.

여행이 일상이 되면서 짐짓 무료해지던 차에, 오랜만에 반가운 소식이 들려왔다. 어쩌면, 엄마가 나의 다음 목적지인 인도(India)로 와 여행에 합류할 수 있을지도 모른다는 소식이었다. 엄마는 오래전부터 네팔의 히말라야 산맥을 오르는 걸 꿈꾸곤 하셨는데, 내가 동남아시아 여행을 마치고 인도로 가게 될 거란 계획을 들으시곤 여행 계획을 세우게 되셨다는 것이다.

엄마는 내게 전화를 걸어와 "주희야! 너희 아빠가, 엄마 네팔 여행하라고 하신다. 어떻게 해야 할까? 비행기 티켓을 먼저 사야 아빠가 뱉은 말을 무르지 않을 것 같은데, 얼른 표부터 사야 할까?" 하고 물으셨다. 평소와 달리 엄마의 들뜬 목소리엔 흥분과 설렘이 생생하게 묻어나고 있었다.

아빠의 속셈은, 내가 곧 인도에 넘어간다고 하니 엄마를 내게 보내 오랜 꿈을 이뤄주자는 것이었다. 나는 이미 몇 해 전에 3개월간 인도와 네팔을 여행했던 경험이 있기 때문에, 당황하지 않고 엄마를 잘 가이드할 수 있을 것이라 판단하신 것이다. 집을 오래 떠나 있었던지라 가족들이 그리워지던 참이었는데, 엄마를 만날 수 있다니 벌써부터 흥분이 되었지만, 한편으론 걱정이 되기도 했다. 엄마 인생의 첫 해외여행인데, 인도와 네팔을 선택하시다니, 이건 모험에 가깝다는 생각이 들었다. 인도와 네팔은 여행의 고수쯤 되어야 거뜬히 감당할 수 있는, 결코 쉽지 않은 여행지이기 때문이다.

하지만 내게도 이 소식은 단비처럼 느껴졌다. 힘을 내서 동남아시아 여행에 마지막 박차를 가할 수 있게 되었고, 인도에 가면 누구보다도 그리웠던 엄마를 만날 수 있다는 생각에 설레는 마음으로 다음 여행지를 기대할 수 있게 되었기 때문이다. 내가 여행을 준비하며 매일같이 설레었던 그 기분을 엄마도 느끼고 있을 거란 생각에, 무척이나 즐거운 마음이었다.

나약한 내가 누군가에겐 용기가 된다는 것

/

태국에서 10월 약 한 달 동안의 자전거 여행을 한 뒤 나는 말레이시아로 입국할 수가 있었다. 태국에서 자전거를 타는 동안 중간중간 큰 폭우를 만나기도 하고, 그로 인해서 침수된 도로를 달려야 하는 순간들도 있었다. 그렇게 11월이 돼서 입국한 말레이시아. 말레이시아에는 작은 섬들이 있다. 그중에서도 말레이시아 북서쪽에 위치한 크고 작은 섬들이 모여 있는 페낭(Penang)섬은 유네스코에도 등재되어 있을 만큼 역사적, 문화적 가치를 인정받고 있는 곳이다. 태국의 국경을 넘어 이틀간 자전거를 타고 150㎞ 정도를 달리면 페낭섬으로 들어가는 배를 탈 수 있는 선착장에 도착하게 된다.

나는 페낭섬으로 들어가는 배를 타기 위해 항구를 향해 달리고 있었다. 늘 그렇듯 도로를 달리면서는 사고를 피하기 위해 사이드미러를 확인하며 뒤를 살피는데, 엄청나게 큰 BMW 오토바이를 탄 아저씨가 속도를 낮추며 나를 따라오고 있었다. 내가 길을 막고 있는 것 같아 최대한 갓길로 붙어 피해 주었는데, 아저씨는 오히려 내 옆으로 붙어 오토바이를 운전하며 말을 걸어왔다.

"여성이네요? 깜짝 놀랐어요. 여행 중인 거죠?"
"저는 자전거로 세계 여행을 하는 중이예요. 지금 여행한 지 약 8개월 정도 됐어요."

내 대답을 듣고는, 아저씨는 무척이나 놀란 것처럼 보였다. 헬멧을 쓰고 있었는데도 불구하고, 그 표정이 확연히 드러날 정도였다.

"굉장해요! 당신은 제가 머릿속으로만 생각하고 계획하는 것들을 몸소 실천하고 있는 사람이네요! 당신을 보니, 저도 도전할 용기가 생기는 것 같아요."

"원래 자전거를 좋아하세요?"

"당신처럼 여행을 하고 싶단 생각은 하고 있었어요. 하지만 계획만 세우고 막상 두려워서 실행은 못 하고 있었어요. 그러다가 당신을 이렇게 만나게 된 거예요. 당신을 보니 저도 용기를 내서 계획을 실천해 봐야겠다는 생각이 드네요. 혹시 괜찮다면 제가 당신에게 음료수를 사줘도 될까요?"

이전에 경험했던 안 좋았던 기억 때문에 낯선 사람의 호의를 받아들이는 것에 늘 경계를 하곤 했지만, 아저씨의 표정이나 태도, 내게 던지는 질문 등에서 진심이 느껴졌기 때문에 의심을 거두고 그를 따라나섰다.

아저씨는 나를 현지의 작은 식당으로 안내했다. 먹고 싶은 것이 있다면 무엇이든 맘껏 주문하라고 하고는, 대화를 시작했다. 아저씨는 이 지역의 어느 고등학교의 영어선생님으로 방학 때마다 예행연습 삼아 짧은 자전거 여행을 다니시고, 일 년에 한 번 정도는 꼭 자전거 대회에 참가하실 정도로 열정이 있는 분이셨다. 그리고 그는

언젠가 꼭 자전거로 세계 여행을 하는 것이 꿈이라고 했다.

식사를 마치고, 그는 자신이 나를 만났다는 것을 자신의 학교 교감선생님에게 말해 주고 싶다면서 함께 자신의 학교에 가 줄 수 있느냐 물어왔다. 그의 눈이 열정으로 반짝이고 있었다. 다행히 아저씨가 재직 중인 고등학교가 페낭섬으로 가는 선착장과 멀지 않은 곳에 있어 잠깐 들를 수 있게 되었다. 아저씨와 함께 도착한 학교에서, 여자 교감 선생님을 만날 수 있었다. 교감 선생님은 나를 보자마자 땀으로 절은 내 몸을 꼭 안으며 반갑게 인사를 나눴고, 헤어질 때에도 안전을 당부하며 따뜻하게 배웅을 해 주셨다. 사실, 지금도 왜 교감 선생님에게까지 나를 인사시켜 준 것인지는 의문이다. 하지만 추측하건대 학생들을 지도하는 선생님으로서 다양한 시각을 공유하면 좋겠다는 생각에 여성 자전거 세계 여행자인 나를 학교에 있는 교직원에게도 보여 주고 싶었던 것은 아닐까 하는 생각을 해 본다.

내가 실천하고 있는 것들이 다른 사람으로 하여금 용기를 갖게 만들 수 있다는 점이 무척 신기했다.

아저씨는 나와 헤어지며 이런 말을 했다.

"처음에 뒤에서 볼 때는 남자인 줄 알았어요. 짐을 많이 싣고 가기에 궁금하기도 해서 옆으로 가서 보니 여성이었죠. 이렇게 용기 있는 여성이 자기 체구보다 더 큰 짐을 끌고 가는 모습을 보면서, 큰 영감을 받았습니다. 저도 꼭 제가 계획했던 것처럼 곧 자전거 여행에 도전할 거예요."

아저씨는 나와 함께 선착장까지 가서 내가 페낭까지 갈 수 있는 배편의 티켓까지 구입을 해 주시고는 그제야 다시 길을 나섰다. 사실, 아저씨는 친척의 장례식에 참석하러 가는 중이었다고 했다. 하지만 도저히 나를 그냥 지나칠 수 없었다고 했다.

아저씨는 내게 자신이 나로 인해 다시 한 번 여행계획을 굳건히 하고 도전할 용기를 갖게 되었다고 말했지만, 오히려 나는 아저씨의 그 말에 감동을 받았다.

"당신은 내게 도전할 용기를 주는군요."

내가 누군가에게 용기를 줄 수 있는 사람이었던가? 아저씨의 이 한마디 덕분에 나는 다시 한 번 이 도전을 계속 해 나갈 용기를 얻었다.

충동적인 선택을 매력적인 도전으로 만드는 사람들

/

말레이시아의 남쪽에 있는 도시인 말라카(Melaka)에 도착했을 때, 자전거 여행자 커뮤니티 웹 사이트를 통해 영국에서 온 자전거 여행자 커플을 만나게 되었다. 이야기를 나누다 보니, 말라카에서 싱가포르까지 넘어가려는 이들의 계획이 나와 같다는 사실을 알게 되었고, 덕분에 함께 4일 동안 자전거를 타게 되었다. 자전거 여행자 커플과의 동행은 처음이었는데, 여행을 하는 내내 궁금했던 것이 있어 와이프인 '조'에게 질문을 던졌다.

"어떻게 하다가 둘이 자전거로 여행을 시작하게 된 거야?"

조는 내 질문이 끝나기가 무섭게 약간 흥분된 상태로 이야기를 들려주었다.

"그거 알아? 이건 순전히 사고였어! 어느 날 내 남편이 나에게 이메일을 보냈어. 우리는 평상시에도 이메일을 자주 주고받거든. 그런데 그날은 내가 일이 너무 많고 바빠서 내용도 제대로 확인하지 않고 '그래! 좋은 생각이야. 그렇게 하자!'라고 답장을 보낸 거야. 그날 집에 도착하니 폴은 거의 반쯤 미친 상태였어. 그러고는 내게 정말이냐며 바로 실행해도 되느냐며 물어왔지. 나는 이게 무슨 상황인가 싶어 바로 메일을 확인했어. 그 메일에 '우리 모든 것을 다 정리하고 자전거로 함께 여행 떠날까?'라고 되어 있었던 거야. 이미 폴에게 예스라고 대답도 한 상태였고, 나도 그때 일에 많이 지쳐 있던 터라 바로 직장을 그만두고 한 달 만에 자전거 여행을 떠나게 된 거야."

그들의 이야기는 마치 드라마 같았다. 한 달 만에 모든 것을 정리하고 떠날 수 있었다는 것도 신기했다. 나와 일정을 함께하는 기간 중, 이들은 자신들이 자전거로 26,000㎞를 달렸다는 인증사진을 SNS에 남기기도 했다. 그들은 영국에서 출발해 2년 6개월간 지구 한 바퀴를 돌았다.

충동적인 제안과 순간적인 결정으로 시작하게 된 자전거 여행이었기 때문에 모든 것이 쉽지 않았다고 했다. 조는 처음 자전거로 달리기 시작했을 때, 자동차가 자전거에 가까워지는 소리만 들어도 소리를 질렀다고 한다. 충동적이었다고는 하나, 조와 폴 두 사람은 자신들의 선택에 후회가 없다고 말했다. 그리고 그들은 자전거를 타는 내내 매일같이, 영국으로 돌아가 짓게 될 자신들의 집에 대해서 이야기하곤 했다. 어쩌면 그들에게 그 집은 그들이 계속해서 앞으로 페달을 밟아 나가게끔 하는 촉진제 역할을 하고 있었던 걸지도 모른다. 이게 바로, 우리에게 늘 꿈이 필요한 이유일지도 모른다. 가끔 이들을 떠올릴 때면, 지금은 어디에서 어떤 모습으로 살고 있을지 몹시도 궁금해 당장이라도 영국으로 날아가고 싶어진다.

이 커플과 다니는 짧은 기간 동안, 충동적인 선택이라고 해도 그 꿈을 이루어 나가면서 또 다른 꿈을 만드는 것을 보게 되었다. 그리고 그로 인해 더 많은 인생의 이야기를 만들어 나가는 점이 보기 좋았다. 선택을 믿고 앞으로 나아가는 것. 어쩌면 이러한 믿음과 추진력이 꿈을 더욱 크게 만드는 역할을 하는 것이 아닐까?

흘러감과 머묾의 차이

/

조와 폴과 헤어지기 전날 저녁. 이제 다음 날이면 싱가포르로 가게 될 거였다. 우리는 일단 숙소를 잡고 저녁식사를 하기 위해 근처 식당으로 향했다.

이 날은 자전거를 타는 동안 뒤에서 우리를 쫓아오는 거대한 먹구름과 바람을 피하기 위해 전력 질주를 한 날이었다. 속도를 내 빠르게 달린 덕분에 간발의 차로 폭우를 피해 숙소에 도착할 수 있었지만, 그만큼 에너지 소비가 컸기 때문에 허기가 진 상태였다. 저녁을 먹기 위해 숙소 근처의 식당을 찾았는데, 그나마 제일 그럴듯해 보이던 식당이 인도음식 전문점이었다. 이 식당의 주문 방식이 특이했는데, 원하는 음식을 그릇에 담으면 각 반찬마다 가격을 매겨 계산을 하는 곳이었다. 각 메뉴의 가격은 정확하게 알 수 없었지만 식당에는 꽤나 많은 사람들이 있었고, 다행히 식사도 아주 맛있었다.

식사를 마치고 숙소에 돌아갔을 때, 숙소의 직원이 우리에게 어디에서 무엇을 먹고 얼마를 지불했는지를 물어보고는 이렇게 얘기했다. "너희 거기에서 당한 거야. 그렇게 먹었다면 더 싸게 금액을 지불했어야 해." 우리가 이미 음식을 맛있게 먹고 돈을 냈는데 이제 와서 별 수 있냐는 태도를 보이자, 이 직원은 연신 우리가 얼마나 허무맹랑한 짓을 한 것인지 강조하며 말을 이어 나갔다. 자신의 주장이 우리에게 설득력 있게 들리지 않는다는 것을 깨달은 직원은 이

내 자리를 떴고, 우리는 곧바로 같은 말을 내뱉었다.

"저렇게 하나씩 모든 걸 따지고 들면 우리의 여행은 매
순간 불행할 거야. 우리는 현지인이 아니기 때문에 어쩔
수 없이 더 많은 금액을 지불하는 상황들을 많이 마주하
게 돼. 그리고 우리가 그렇게 매번 정확한 셈을 하며 여행
을 했다면 매일 같이 싸움만 하다가 끝났을지도 몰라."

행복한 여행을 위해서는, 우리가 스스로 외지인임을 인정하고 타
협 가능한 선에서의 금액적인 손해는 감수하고 여유로운 마음을 가
져야 한다. 대신, 더욱 풍족한 마음으로 그 지역의 사람들을 만나고
문화를 느낄 수 있다면 더 행복할 수 있지 않을까.
이렇게 생각하는 것이, 스스로를 덜 괴롭히는 길이라는 생각이 들
었다.

여행 초기에 슬럼프에 빠져 계획대로 자전거를 타지 못했다. 세계 여행의 원대한 꿈을 꾸고 출발했지만, 오래 지나지 않아 장벽에 부딪힌 것이다.

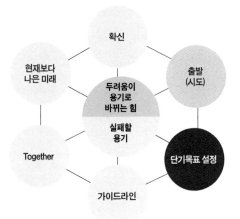

이 슬럼프를 벗어날 방법에 대해, 주변에서 여러 정성 어린 조언을 듣게 되었다. 자전거를 타야 한다는 압박감에 벗어나 잠시 자전거를 멀리하고 배낭여행을 떠났다. 몸과 마음은 한결 가벼워졌지만 그것으로 충분하지는 않았다. 슬럼프가 찾아온 진짜 이유를 알 수 없었기 때문이었다.

그리고 동생에게서 들은 조언이 있었다. 세계 여행이라는 원대한 목표 외에 여행의 동기를 북돋아 줄 중간 목적지를 나누어서 설정하라는 것이었다. 세계 여행이라는 꿈은 있었지만, 구체적인 로드맵이 명확하지 않았기 때문에 의미를 찾지 못하고 쉽게 지쳐 갔던 것 같았다.

동생의 조언에 따라 세계 여행이라는 큰 방향을 염두에 두고 작은 목적지를 설정하기 시작했다. 그랬더니 막연하게만 느껴지던 것들이 조금 더 명확해졌다. 큰 목표를 설정한 뒤 작은 목표를 설정하지 않은 실수가 여행 초기의 슬럼프를 불러일으켰던 것이다. 일이 목표한 대로 이뤄지지 않을 때, 자신의 꿈이 멀게만 느껴질 때, 지금 당장 할 수 있는 일을 정해서 그 일에 집중해 보자. 어두운 동굴에 비치는 한 줄기 빛을 발견할 수 있게 될지도 모른다.

II

West
두려움을 안고
서쪽으로

4. 스리랑카:

용기의 기어를 올리다

160원이 주는 행복

/

　스리랑카와 인도, 네팔, 파키스탄 등을 통틀어서 서남아시아라고 부른다. 그중에서도 내가 자전거로 여행하려는 곳은 스리랑카와 인도, 네팔이었다. 그런데 이런 서남아시아 지역을 여성 혼자서 자전거로 여행을 간다고 하니 많은 사람들이 걱정을 했다. 하지만 자전거 여행을 하며 느낀 서남아시아는 걱정하던 것과는 다른 모습이었다.

　물론, 여행자에 따라 다른 말들을 할 것이다. 솔직히 나는 여성임에도 숏컷에 체격이 있고, 키가 있어서 그런지 많은 사람들이 남자인지 여자인지 헷갈려할 정도였다. 게다가 옷도 헐렁하게 입고, 자전거 여행을 위해 헬멧, 스포츠 선글라스, 먼지와 햇빛을 가리기 위한 버프를 착용하고 다녔으니 더욱 그럴 만하다.

특히, 뒷모습을 볼 때는 더욱….

약 10개월간의 동남아시아 여행을 마치고 스리랑카(Sri-Lank)로 향했다. 스리랑카의 수도는 서쪽 해안에 자리한 콜롬보(Colombo)이다. 나는 새로운 지역에 도착해 숙소를 잡고 나면 항상 그곳의 직원에게 "이 근처에서 제일 맛있는 로컬 식당이 어디인가요?"라고 물었다. 여행을 하다 보면 방문하는 지역에 대해서 많은 시간을 들여 그 지역 정보에 대해서 알아보게 된다. 핸드폰에 설치한 어플리케이션, 블로그 검색 등을 이용하지만 그중에서도 내가 가장 선호하는 방식은 그 지역에 사는 현지인에게 물어보는 것이다. 특히, 호스텔에서 일하는 직원은 가장 최신 정보와 함께 그들의 노하우를 가지고 있는 사람들인 경우가 많다. 그리고 그간의 경험으로 미루어 봤을 때 그렇게 물어봐서 알게 된 식당은 대부분 저렴하면서도 현지 음식을 그대로 느낄 수 있는 곳이었다.

이번에도 숙소의 직원을 통해서 알게 된 숙소 근처의 한 식당을 찾아갔다. 식사를 맛있게 하고 밥값을 계산한 뒤 일어서려는데 어깨를 쫙 펴고 한 손에는 쟁반을 들고 다가오는 직원이 보였다. 그는 나에게 다가와서는 당당하게 팁을 요구한다. 너무 당당한 그의 모습이 낯설어 순간 자리를 뜨지 못하고 직원을 응시하고 있는 나에게 직원은 너무나 당당히 "남은 잔돈이라도 주고 가. 다른 사람들도 다들 그렇게 하는 걸?"이라고 말한다. 여행을 하면서 이렇게 당당하게 팁을 요구하는 사람을 본 적이 없던 터였다. 순간 잔돈으로 받은 금액이 얼마인지 한화로 계산을 해 보니, 160원이라는 것을 알게 되었다.

2010년 당시 인도 여행을 할 때 나는 이 잔돈 때문에 엄청난 말다툼을 했었다. 당시에는 길거리에서 짜이(홍차) 한 잔을 사 먹을 수 있다는 생각에 단 돈 100원이라도 아끼려고 부단히도 노력을 했던 나였다. 특히나 지금처럼 장기로 여행을 하게 되면 각 나라의 물가를 빠르게 파악하고 적응을 하게 된다. 그러다 보면 때로는 여행자로서 불합리하게 느껴지는 것들에 대해서 마음이 상하게 된다. 하지만 이번에는 팁을 당당하게 요구받았지만 예전 인도 여행을 할 때만큼 마음이 불편하지는 않다. 많은 여행자들로 인해 그들만의 삶의 방식이 생긴 것일 수 있다고 생각하게 되었다. 아니, 어쩌면 그 옛날 영국의 식민지 영향이 남아 있는 것일 수 있겠다는 생각도 든다.

그렇게 식사를 하고 계산하며 생긴 잔돈 20루피, 원화로 하면 160원인 돈을 팁으로 주고 나왔다. 그리고 이 팁 덕분에 자신이 행복해졌다고 말하는 웨이터. 한국에서라면 자판기 커피 하나도 마시지 못할 정도의 금액이다. 하지만 웨이터의 말을 들으니 '이런 작은 돈에 행복해졌다고 말할 수 있구나' 하는 생각이 들었다. 그리고 덩달아 나도 기분이 좋아졌다. 예전 인도 여행할 때의 나라면 기분이 나빠서 다시는 그곳에 가지 않으려 할 것이다. 그런데 여행을 오래 하면서 그런 생각도 바뀌게 되었다. 나만을 생각하며 여행을 하던 이전과는 달리 현지 상황을 더욱 깊숙이 들여다보게 되었고, 그렇게 마주하는 모든 상황들에 조금씩 더 유연해지는 것 같다.

여행, 홀로 또 함께

/

　너무 당연한 이야기일 수 있지만, 여행을 하면 다양한 국적의 많은 여행자들을 만나게 된다. 그리고 그중에 압도적으로 많이 만나게 되는 여행자는 '나 홀로 여행자'이다. 혼자 여행을 하는 여행자들은 해외에서 혼자만의 시간을 즐기며 현지인과 어울린다. 그들은 때로는 외로움을 경험하지만 자신을 찾을 수 있는 그 여행을 무척이나 잘 즐기며 다닌다.

　하루는 우연히 호스텔에서 만난 여행자가 나에게 "혼자 여행이 좋아요" 하고 말했다. 그래서 나는 "그런데 그거 알아요? 혼자 하는 여행이 절대 혼자 하는 여행이 아닌 거?"라고 말했다. 나의 여행도 그렇고 여러 사람들의 여행기를 보면서 곰곰이 생각해 보면 혼자 여행을 한다고 하고 정말로 혼자서만 여행을 한 적은 없었다. 가는 곳곳의 여행지에서 만난 사람들과 '함께' 하는 여행이었고, 이렇게 일상적으로는 만나지 못하는 사람들을 길 위에서 여행을 한다는 이유만으로 만나 서로의 공감대를 형성하고 함께 동행을 하기도 하는 것이 바로 혼자 여행의 장점이라고 생각한다. 막상 혼자가 아닌 여행을 하게 된다는 것. 나도 가만히 생각해 보면, 혼자 여행을 좋아한 것이 아니라 혼자 가서 그곳에서 만난 사람들과의 여행을 좋아한 것이었다.

　자전거를 타면 혼자 하는 여행일 것이라 생각하기 쉽다. 물론, 혼자 자전거를 탄다. 길을 결정하고, 내 몸의 동력을 이용해 페달을 굴러 달려 나간다. 하지만 결국, 현지인들의 도움, 다른 여행자들과의 만남 덕분에 생기는 행복한 순간이 대부분이다. 막상 정말로 혼자가 되어 버리면 너무나 외로울 것 같다. 그리고 여행을 하며 대부분의 추억은 누군가와의 만남에서 오는 것들이 차지한다.

마음을 표현하는 그만의 방법

/

2010년 당시 나는 인도와 네팔을 여행을 하며 안나푸르나에 등반을 한 적이 있다. 그리고 여행을 마치고 한국에 돌아와 엄마와 대화를 하던 중 엄마는 "나는 너희 삼 남매가 해외여행하는 건 안 부럽다. 그런데 주희 네가 네팔 안나푸르나에 다녀온 거는 부럽네. 나도 언젠가 꼭 한 번쯤 가 보고 싶은 곳인데, 평생 갈 일이 있기는 할까?"라는 말을 했다. 등산을 매우 좋아해서 한국의 모든 산은 거의 다 가 봤을 정도로 산에 대한 열정을 보였던 엄마이기 때문에 안나푸르나에 꼭 한 번 가 보고 싶다는 말이 충분히 이해가 되었다. 그리고 당시, 네팔을 가 보고 싶어 하는 엄마에게 "엄마는 정기적으로 모임을 가지는 산 모임이 있으니까 같이 뭉쳐서 네팔에 가면 되지 않을까요?"라며 이야기했었고, 언젠가는 엄마에게도 그런 기회가 올 것이라고 생각했다. 그런데 그 기회는 생각보다 빨리 오지 않는 것 같아 죄송한 마음도 들었다. 시간이 지나도 우연히 내가 네팔을 여행했던 이야기가 나올 때면 늘 "부럽다. 나도 가 보고 싶은데"라는 말을 항상 해 오던 엄마였다.

내가 네팔을 여행할 당시에 네팔의 수도 카트만두(Kathmandu)에서 200㎞ 떨어진 포카라(Pokhara)에서 출발해 푼힐(Poon Hill)까지 등산을 했었다. 등반을 시작할 때의 목적지는 4,130m 높이인 안나푸르나 베이스캠프까지 가는 것이었는데, 그 높은 곳까지 가기에는 턱없이 부족한 장비로 패기 있게 등반을 시작했었다. 그런데 등반을 하던 중 안나푸르나 베이스캠프 근처에 폭설이 왔다는 소식을 접하게 되었고, 설상가상으로 몸의 상태도 좋지 않아 저녁에 구토를 하고 복통을 호소하는 등의 이상 신호가 와서 원래 계획했던 안나푸르나 베이스캠프까지 가는 것을 포기해야 했다. 그래서 이번 여행에서는 그때 못 이룬 꿈을 이뤄 보고 싶었다.

이런저런 이유로 다시 네팔을 여행할 계획을 세우게 되면서 '네팔을 여행하게 될 때 엄마와 함께 산을 탈 수 있다면 얼마나 좋을까?' 라고 생각했었고, 여행을 하는 동안 그런 기회가 오면 좋겠다고 생각한 적이 많았다.

그런데 이번에 인도, 네팔 여행에 엄마와 함께할 수 있도록 밀어 붙여 준 건 아빠였다. 생각지도 못한 결정에 내가 알고 있던 모습이 아닌 또 다른 아빠의 모습을 볼 수가 있었다. 나에게 아빠라는 존재는 다가가기 어려운 사람이었고, 그런 생각 때문에 아빠와 깊이 있게 대화를 하거나 아빠의 참모습을 볼 기회를 많이 놓치고 산 것이라는 생각이 들었다. 그리고 조금 더 마음을 열고 보니 아빠는 과감해져야 할 때 과감해지는 사람이라고 생각하게 되었다. 아빠는 엄마의 첫 해외여행을 위해 그동안 모아 두신 돈을 모두 내어 줄 수 있는 그런 사람이었다.

엄마와의 여행이 결정 나고 난 다음 날, 아빠는 출근 전에 식탁 위에 여행자금 할 돈을 현금으로 올려놓으셨다고 했다. 사실 아빠는 엄마에게 "우리 언제 함께 해외여행 갑시다. 가까운 중국부터라도 시작해 볼까?"라는 말을 한 적이 종종 있었다고 한다. 하지만 단

한 번도 현실로 이뤄진 적은 없었다. 아빠 홀로 벌어서 자식 셋을 키워야 했고, 여느 가장들과 마찬가지로 매일같이 바쁘고 힘든 일상의 연속이었다. 추측하건대 이 돈은 분명 언제일지 모를 여행을 위해 모아 둔 돈이 아니었을까 싶다.

가족을 위해 이날 평생을 고생해 왔으면서도 표현이 서툴러서 걱정을 잔소리로 표현하고, 자신이 할 수 있는 최대한의 지원을 해 주는 그런 사람. 아빠는 하고 싶은 일이나 먹고 싶은 음식이 있어도 가족을 위해 참는 사람이라는 것을 오랫동안 여행을 하다 보니 느끼게 되었다.

사실 이 일이 있기 전까지 아빠는 나에게 '짠돌이'라는 이미지가 매우 강했다. 백 원 하나 허투루 쓰지 않는 것도 있었지만, 옷을 하나 사 입는 것이나 음식을 주문해 먹을 때에나 항상 아끼려는 마음에 저렴한 것들을 고수했기 때문이었다. 그런데 엄마의 여행을 위해 몇백만 원의 돈을 식탁에 탁! 올려놓았다는 소리를 듣고 갑자기 '멋짐 터진' 아빠가 되었다. 그리고 이제는 더 이상 "짠돌이 아빠!"라고 놀릴 수가 없게 되어 버렸다.

고국으로 돌아간다는 것

/

동남아시아 여행을 마치고 스리랑카로 입국한 주목적은 인도 비자를 받기 위함이었다. 원래는 태국에서 인도 비자를 받을 계획이었지만 국가 간의 상황으로 인해 태국에서의 인도 비자 발급 계획이 기한 없이 잠정 중단되어 버려서 차선책으로 선택하게 된 곳이 스리랑카였다. 여러 경로를 통해서 알아본 결과 스리랑카에서 인도로 가는 배편이 있다는 것을 알게 되었고, 자전거로 스리랑카 일주를 한 뒤에 배를 이용해서 인도로 넘어갈 계획을 가지고 스리랑카행을 결정했다. 하지만 스리랑카에 도착을 해서 듣게 된 정보는, 이미 스리랑카와 인도를 잇는 배는 몇 년 전에 자금 사정으로 인해 운행을 중단했다는 소식이었다. 박스에 포장되어 있는 자전거를 조립했다가 인도로 가는 항공기를 이용하기 위해 다시 자전거를 박스에 포장하고 재조립하는 등의 일처리가 꽤나 머리 아프게 생각되었기에 자전거를 보관해 주겠다는 호스텔 직원의 제안을 받아들였다. 그덕에 잠시 배낭여행을 하게 되었다. 그렇게 스리랑카를 여행하게 되면서 여행지 곳곳에서 한국 여행자를 만났다. 그리고 오랜만에 동행을 만들어 하게 된 짧은 배낭여행은 매 순간 웃을 수 있는 일들로 가득했다. 비가 오는 우중충한 날씨에도 웃고, 함께 걷다가 한 명이 미끄러져 넘어져도 깔깔거리며 웃었다. 서로 위로했고, 숙소가 너무 추워 벌벌 떨어야 했던 순간에도 '이것도 추억'이라며 웃을 수 있는 순간들이었다. 그리고 스리랑카에서의 짧은 배낭여행을 마친 그 여행자는 한국으로 돌아가야 한다는 것을 너무 아쉬워했다.

"이제 한국으로 가야 돼요~! 너무 아쉬워요~!" 그런데 그 말이 나에게는 다르게 들렸다. 한국으로 간다는 그 말에 나는 설렜다. 오랫동안 타지에서 매일 같이 장소를 바꾸어 잠을 자고, 입에 맞을지 안 맞을지 모르는 음식들을 먹고, 나를 잘 알지 못하는 처음 보는 사람들을 거의 매일 같이 보는 것, 모르는 길을 지도에 의지해 다니는 것 등. 이 모든 것들이 일상이 되어 버린 나는 '한국' 하면 떠오르는 포근함, 가족, 친구 등 익숙한 것들에 설레었던 것이다. 그래서 어쩌면 고국으로 간다는 것은 아쉬움이 아니라 설레는 말일지도 모른다고 생각했다.

여행을 하는 것보다 이 말이 더 설렐 수 있는 이유는 그 안락함을 알기 때문일 것이다. 가족, 친구, 음식, 언어, 공기…. 모든 것들이 익숙한 그곳. 그래서 설렐 수밖에 없는 그 말.

"한국에 갑니다."

체험과 경험의 차이

/

한번은 방학을 맞아 혼자 하는 첫 해외여행을 스리랑카에서 하고 있는 초등학교 선생님을 만났다. 더 많은 경험을 하고 싶어서 혼자 하는 여행지를 스리랑카로 결정하게 되었다는 초등학교 선생님인 연주. 스리랑카를 여행하거나 여행을 준비하는 사람들이 가입하는 여행자 커뮤니티 카페에서 만나 일정이 비슷한 구간을 며칠 동안 함께 여행했다. 그렇게 함께하는 동안 스리랑카의 이곳저곳을 많이도 다녔다. 교통상황이 뜻대로 되지 않아 일정이 변경되어도 그 자체로 즐거웠다. 하루는 스리랑카 중부 지역 누와라 엘리야(Nuwara Eliya)에 있는 2,134m의 두 봉우리 사이에 자리 잡은 호튼플레인 국립공원(Horton Plains National Park)을 가게 되었다. 광활한 대초원인 국립공원을 걷다 보니 그곳에는 1,500m에 이르는 절벽이 있는 세상의 끝(World's End)이라 표시된 곳이 나오기도 했다. 이렇게 자연에 깊숙이 들어가 걸어본 것도 오랜만이었는데, 또 그만큼의 시간 동안 기나긴 길을 걸으며 여행자들과 여러 이야기를 나누게 되었다. 그중에 여행 경험에 대해 이야기를 하게 되었는데, 연주는 경험에 대해 이야기가 나와서 하는 말이라면서 체험과 경험의 차이에 대해서 이야기해 주었다.

체험은 '체'가 '몸 체(體)' 자를 사용해서 몸으로 한 것을 의미하고, 경험은 몸으로 해 보고 그것을 통해서 뭔가의 깨달음이 있는 것을 의미한다고 한다.

고로, 체험을 많이 했다고 해서 많은 경험을 한 것이라고 단정 지을 수 없다는 것이라는 말을 해 주었는데, 우리는 많이 체험하면 많이 경험한다고 생각하는데 그것이 얼마나 어리석은 생각인지를 깨닫게 해 주었다.

연주는 단지 체험으로 끝나는 것이 아니라 경험이 되어야 한다면서 체험보다 더 나은 경험을 하는 여행이 되었으면 하는 바람으로 스리랑카에서의 여행을 소화했다. 그리고 정말로 똑같은 이 한 번의 여행에서 다른 어떤 사람들보다 더 많은 경험을 하기 위해 노력하는 것을 보여 주었다.

이때 나는 나를 제외하고 총 2명의 여성 여행자와 동행을 하고 있었다. 그런데, 하루는 아침에 일어나 보니 연주만 침대에 없는 것이다. 알고 보니 아침 일찍부터 산책을 하러 밖으로 나갔고, 그렇게 돌아다니다가 만난 한 아이를 따라 근처의 사찰에 갔다가 스님을 만났다는 것이다. 스님께서 안전한 여행을 기원하며 손목에 흰색 실로 얇은 팔찌를 만들어 주었다는 이야기를 하는 그녀. 연주는 이 시간이 너무 좋다며 새로운 사람을 만났다는 기쁨에 가득 차 있었다. 현지 사람을 적극적으로 만나고, 언제나 열린 마음으로 다녔던 그녀. 초등학교 선생님이라는 성격을 살려 아이들과 잘 놀아주며 그들 속에 쉽게 섞이는 모습을 보니 경험은 저렇게 해야 하는 것이구나 하는 생각이 들었다.

그러면서 우리의 여행 문화에 대해서 생각해 보았다. 우리는 역사상 어떤 시기보다 외국에 많이 나가고 있다. 그러나 아직까지는 여행보다 관광의 비중이 높은 것 같아 아쉬움이 든다. 다른 지방이나 다른 나라에 가서 그곳의 풍경, 풍습, 문물 따위를 보고 돌아오는 것을 관광(觀光)이라고 한다. 일이나 유람을 목적으로 다른 고장이나 외국에 가는 것을 여행(旅行)이라고 한다. 관광이 체험에 가깝다면 여행은 경험에 가깝다고 할 수 있다. 앞으로는 여행의 비중이 더 커질 것이다.

물론, 모두 같은 방법으로 여행을 할 수는 없다. 어떤 사람은 단지 해외에 나가는 것만으로도 도전이 될 수가 있기 때문이다. 그리고 그 도전만으로도 그 사람은 뭔가의 깨달음이 있다면 그것은 정말 소중한 경험이 된다. 그래서 나는 남의 새로운 시도를 평가하기보다는 뒤에서 응원해 주려고 한다. 그리고 그 속에서 더 많은 것들을 얻는 시간이 되기를 바라는 마음으로 더욱 힘차게 응원할 것이다.

호객행위

/

어쩌면 이 세상을 살아가면서 꼭 해야 하는 행위가 호객행위가 아닐까? '나 여기 있어요~!'라고 말하는 것만 같다.

스리랑카의 중부에 위치해 있는 엘라(Ella)에 갔을 때의 일이다. 역에 도착을 해서는 뒤쪽에 좌석이 있는 삼륜 오토바이인 툭툭이(Tuk Tuk) 기사와 흥정을 시작했다. 전날 엘라에 있는 관광지를 검색해서 각각의 대략적인 위치와 거리 등을 알아 두었다. 그런데 거리와 비교해서 생각해 봤을 때, 엄청나게 높은 금액(기존 금액의 3배 높은 금액)을 부르는 운전기사. 결국 조금 더 걸어서 시내로 향했다. 재미있는 것은 시내로 나가니 훨씬 많은 툭툭이 기사들이 호객을 시작했다는 것이었다. 일단, 적정한 금액을 찾기 위해 흥정을 하려는 기사들에게 가격을 물어보았다. 그러다가 그중에 한 명이 적정한 가격에 진심을 다하며 설명을 하는 것을 볼 수가 있었다. 각 관광지의 위치, 내가 그토록 보고 싶어 하는 다리 위의 기차와 기차가 지나가는 시간 등을 자세히 설명하는 것을 보고 그 친구의 진심을 느낄 수가 있었다. 생각해 보면 가격보다는 진심을 다하고 있는 그 친구의 마음에 더욱 이끌렸던 것 같다.

그렇게 결국 그 친구의 툭툭이에 탑승을 해서 엘라 지역 관광을 하기 시작했다. 돌아다닌 곳 중에 한 곳은 '나인 아치 브리지'라는 곳이었는데, 약간 곡선으로 휘어진 다리 위를 달리는 기차를 사진에 담을 수 있는 장소였다. 처음 엘라 여행을 결심했을 때부터 나의 유일한 목적은 바로 이 나인 아치 브리지를 지나는 기차를 사진에 담는 것이었다. 다행히도 몇 시에 기차가 지나가는지 알고 있던 툭툭이 기사는 사진을 찍을 수 있는 장소 근처로 이동을 시켜준 뒤, 일부 구간은 툭툭이로 이동할 수 없는 곳이라면서 좁은 길 위에 나와 일행을 내려놓았다. 그리고는 자신은 우리가 사진을 다 찍고 올 때까지 우리를 내려준 곳에서 기다릴 테니 다녀오라고 했다. 그 다음 장소는 그 후에 가자며 말이다. 하지만 막상 기차가 지나가는 것을 보기 위한 장소로 가기 위해서는 좁은 산길을 따라 내려가야 하는데, 우리가 어디로 가야 할지 길을 잘 찾지 못하고 헤매자 그런 우리를 보던 운전사는 아예 앞장서서 길을 안내해 주었다.

　엘라에서 여행을 하는 내내 그의 친절한 도움은 계속되었고, 덕
분에 하루 동안의 투어를 안전하고 즐겁게 마칠 수가 있었다. 여행
자들이 필수로 이용하게 되는 교통수단인 툭툭이. 그리고 그 이용
률만큼이나 관광지에서 운전기사들의 호객행위는 없어서는 안 될
것이기도 하지만 그들의 행동에 따라서 그 나라와 지역의 인상이
바뀌기도 한다는 것에 감명을 받았다.

　진심을 담아 호객 행위를 하던 그 청년. 그 청년의 눈에서 나는
'저 여기 있어요~!'라는 음성을 들었던 것 같다.

틀리거나, 혹은 다르거나

/

여행지에서 종종 있는 일 중에 하나는 여행객인 나에게 호객행위를 하기 위해 다가오는 현지인을 만나는 일이다. 주의할 점은 내가 찾고 있는 정보 또는 가려고 하는 길이 맞는 것임에도 그들은 틀렸다고 말할 때가 있다는 것이다.

시대가 변했고, 이제는 핸드폰만 있으면 그 속에 있는 정보에 의존하며 다니기에 충분한 경우가 많게 되었다. 물론, 인터넷에 올라오는 수많은 정보에는 '주관적인 요소'가 들어가 있기 때문에 그 속에서 정확한 정보가 무엇인지 찾아내기 위해서는 많은 시간을 들여야 한다. 하지만 지도와 같은 경우는 주관적인 요소보다는 그곳의 지리를 알려 주는 아주 정확한 정보에 가깝다. 불과 2005년 유럽 여행을 할 당시만 해도 종이지도를 가지고 여행을 했지만, 지금의 나는 핸드폰에 오프라인 사용이 가능한 지도를 다운받아 여행을 하는 여행자가 되었다.

오프라인 지도를 보면 가고자 하는 위치, 거리, 소요 시간 등이 상세히 나온다. 하지만 그럼에도 불구하고 지도에 적용되지 않은 골목이나 상점 등 아주 작은 부분 때문에 헤맬 때가 있다. 한번은 지도를 보며 길을 걷다가 방향이 헷갈려 현지인에게 길을 물어봤다. 현지인의 도움은 많은 부분 좋은 방향으로 흘러간다. 친절하면서도 자세하게 알려 주는 경우가 대부분. 그런데 이번에 만난 현지인은 당당하게 "그 지도가 틀린 거야"라고 한다.

그런데 이 지도가 분명 틀리지 않았다는 것을 앎에도 속아 줄 때가 있다. 현지인의 말에 잠시 귀 기울이다 보면 그 사람의 삶이 보일 때가 있다. 호객행위를 위해서 일부러 말을 걸기 위해 하는 행동이라는 것을 알게 되더라도 화는 나지 않는다. 잠시, 이야기를 할 수 있었던 것만으로 나는 내 할 몫은 다한 것이기 때문이다. 그리고 가끔은 이런 사람들로 인해서 아주 근사한 식당을 발견한다거나 내가 알지 못했던 그들의 문화를 알게 되는 경우도 있다.

이렇게 예측 불가능하고 새로운 것을 발견하는 것이 여행이다.

때로는 속아서 화가 날 때도 있지만 속아 보면 진짜가 무엇인지도 알게 되고, 생각보다 좋은 조언을 얻을 때도 있다.

아! 물론, 아주 가끔은 지도가 틀렸다는 것을 발견하게 되기도 한다.

감정이 메마른 사람

/

여행을 하기 전, 나는 나의 감정을 표현하는 데 있어서 너무나 서툰 사람이라고 나 스스로를 정의했다. 생각해 보면 어릴 적부터 나는 내가 느낀 감정을 확실하게 표현한다는 것이 어색했다. 솔직한 감정표현은 자제해야 한다고 생각한 적도 있다. 내 마음을 다 들키는 것 같아서, 들키고 싶지 않기 때문에 때로는 올라오는 감정마저 억누를 때가 있었다. 그래서 그런지 성인이 되어서도 표현이 서툴렀다. 하지만 때때로 눈물이 나의 감정을 말해 주었다. 슬프다고, 외롭다고, 보고 싶다고 말이다. 하지만 이것마저 참으려고 노력해 왔다.

그런데 이상하리만큼 여행을 하면서는 툭하면 눈물을 보인다. 여행을 하면서는 가끔 한국에서 방영되고 있는 드라마를 시청할 때가 있었는데, 이번에 시청한 드라마는 〈응답하라〉 시리즈였다. 그런데 이 드라마를 보는 동안 나도 모르게 눈물을 흘렸다. 가족의 이야기를 다뤄서, 그 시대를 경험했던 나여서 더욱 공감이 되었다. 여행을 할 때는 엄마와 아이가 정겨운 눈빛을 하고 서로를 바라보는 모습을 볼 때도 뭉클한 마음이 들었다. 자전거를 타고 나서 하루를 마무리하던 어느 날도 울컥! 눈물이 난 적이 있다.

표현이 서툴러 말로는 잘 나타내지 못했던 감정이었다. 그래서 나는 늘 나 자신을 '표현을 못 하는 사람'이라고 단정지어 왔는데, 그렇지 않다는 것을 알았다. 꼭 말을 통해서 하지 않아도 보여 주는 것들이 있었다.

눈물. 참지 말고 그 감정 모두 표출해 보는 것이 적어도 나에게는 나의 감정을 스스로 느낄 수 있는 좋은 수단인 것 같다.

인생은 고민, 선택, 결정, 책임의 연속

/

여행에도 똑같이 적용된다. 그저 단순히 달리고, 관광하는 것이 아니다. 매 순간 고민을 하고 선택을 한다. 그리고 고민과 선택의 사이에서 결정할 것들이 많이 존재한다. 숙소의 경우 가격과 위치를 따져봐야 한다. 그리고 그 모든 결정에 대한 책임은 오롯이 내가 져야 한다.

여행을 하면서 더 많이 깨닫게 되었다. 그동안 내 인생에서 책임을 진다는 것에 대한 두려움 때문에 선택하지 못했던 순간들을 떠올려보니, 작게는 학과 선정에서부터 대학, 직업 등 인생길 위에서 매 순간 너무 많은 망설임이 있었다는 것을 알게 된 것이다.

여행을 하면서 느끼는 것은 선택할 것이 너무 많다는 것이다. 사소하게 보일 수도 있지만, 언제 휴식을 취하는지에 대한 부분에서 시작해서 크게는 이동할 루트와 다음으로 갈 나라 등 하나하나 신중하게 선택하고 결정해야 한다. 분명 내가 이제껏 살아오는 데도 수많은 선택이 존재했을 텐데, 나는 그 선택을 미루고 미뤄 끝내는 스스로 하지 않았던 적이 많았다.

사실 그러한 인생길 위에 서 있을 당시에는 정확하게 알지 못했다. 선택에 책임을 지는 일 때문에 모든 것들에 대해 선택을 하기보다는 조언을 구하고 그 말을 따랐다는 것을 말이다. 전형적인 '책임 회피'를 하고 있었다는 것을 여행을 하며 깨닫게 된 것이다.

여행을 하며 작은 선택의 순간, 큰 결정을 할 때가 많아졌다. 때로는 결정을 하고 그대로 되지 않을 때도 많았다. 그런데 신기한 것은 스스로의 결정이고, 내가 선택한 것이기 때문에 오히려 불평하지 않을 때가 더욱 많아졌다는 것이었다. 내 선택이기에 불평을 하기보다는 좋은 점을 찾으려 했고, 그 상황을 돌파할 수 있는 길을 스스로 알아보게 된 것이다.

작은 것부터 '책임'지기 시작하면 된다는 것을 비로소 깨닫기 시작했다. '책임'은 어쩌면 단지 선택하고 그로 인해 발생한 모든 것을 해결해야 한다는 것은 아니라는 것을 알았다. 오히려 중요한 어떤 포인트를 찾아 그 일을 해결해 나가다 보면 생각지도 못한 해결책을 발견하기도 한다. 단어가 주는 무게감 때문에 힘들어할 수밖에 없었지만 여행을 하면서 알게 되었다. 오히려 내 선택 덕분에 나 스스로가 더욱 활짝 웃을 수도 있고, 그 결과 덕분에 무엇이 잘못되었는지 깨닫고 다음에는 더 나은 선택을 할 수가 있다는 것을.

정성이 깃든 맛과 멋이 그립다

/

미얀마와 스리랑카. 이 두 나라에는 '티(Tea)'로 유명한 지역이 있는데, 두 곳은 조금 다른 재배 방식을 이용한다. 미얀마는 아직까지 수동의 방식을 고수한다. 물론, 수동의 방식을 아직까지 간직하는 건 자동화 시스템을 만들기 위한 설비나 공장 등을 짓기 위해 필요한 자금상의 이유가 제일 클 것이다. 스리랑카는 미얀마와 다르게 홍차, 녹차 등을 만드는 공장이 자동화되어 있는 티 팩토리(Tea Factory)를 쉽게 만날 수가 있다. 게다가 그 규모가 상당해서 보통 하루 종일 티 팩토리만 둘러보는데도 시간이 모자랄 정도였다.

그런데, 이 두 곳을 다 돌아본 나는 미얀마에 다시 가고 싶어졌다.

어쩌면 모든 것이 자동화되고, 삶의 편리를 찾게 되면서 옛 것의 아름다운 멋과 맛있는 맛을 잃어 간다는 생각이 들었다. 대신 편리함을 얻어간다. 스리랑카 여행을 하면서 봤던 티 팩토리는 공장화되어 있던 모든 일련의 과정들이 미얀마에서 봤던 수동 방식과 동일했다. 그런데 미얀마에서 그들이 손으로 만드는 과정을 봤을 때는 아름다웠으나, 스리랑카에서 공장화된 모습을 봤을 때는 그렇지 않았다.

　왜일까? 내가 생각한 답은. 사람의 마음이 오롯이 담긴 '정성'을 느끼지 못해서 그런 것이 아닐까라는 생각을 해 본다. 단지 차를 만드는 것에서뿐만 아니라 모든 일에 있어서 정성을 느끼게 되면 마음을 열게 되고 더욱 관심을 가지게 된다. 사실 나는 이전까지는 차를 좋아하지도 않았고 크게 관심을 가지지 않았었지만, 이번 여행을 통해 차의 종류나 맛에 대해서도 관심을 가지게 되었다.

예기치 못한 좋은 기운

/

스리랑카의 수도 콜롬보의 한 작은 골목에 위치한 호스텔의 여성 도미토리룸에서 일본 친구 마유미(Mayumi)를 만났다. 싱가포르에서 일을 하고 있으며, 친구의 결혼식에 참석하기 위해 스리랑카까지 한 걸음에 달려온 그녀는, 처음 숙소에 들어와 서로 마주 보자마자 웃는 얼굴로 인사를 건넸고 그렇게 시작한 인사 덕분에 자연스럽게 대화를 하게 되었다. 그녀는 나의 자전거 여행에 많은 관심을 보였다. 여행자가 머무는 숙소에서 만난 단 하룻밤 만난 인연인 마유미. 보통은 서로의 여행 루트나 앞으로의 여행 계획 등을 이야기하다가 작별인사를 고하는 경우가 많다. 그런데 그녀는 내가 인도에 도착하는 첫 도시인 첸나이에 있는 자신의 친구를 소개시켜 준다고 한다.

첸나이에서 살고 있는 친구는 가라데와 합기도를 가르치는 도장을 운영하고 있다고 했다. 아마도 내가 태권도를 할 수 있고, 도복을 가지고 다닌다는 말을 듣고는 더욱 적극적으로 만남을 성사시켜 주는 듯했다. 적극적인 그녀의 행동 덕분에 나는 인도에서 잊지 못할 친구를 만들게 되었다. 소개받은 친구의 이름은 '나바스'였는데, 그는 내가 인도를 여행하는 동안 하루도 빠짐없이 연락을 할 정도로 걱정을 해 주고 도움을 주려고 노력했다. 그리고 나에게 이런 좋은 친구를 소개시켜 준 마유미는 내가 인도를 여행하는 동안, 그리고 지금까지도 가끔씩 연락을 하고 있다.

이렇듯 상상하지 못했던 만남이 있는 여행이 나는 신기하고, 감사하고, 행복하다. 그리고 이런 예상 불가능한 일들이 기다리는 것이 여행이다. 전혀 기대하지 않았던 어떤 사람으로부터 받는 선행은 여행이 주는 매력적인 부분 중에서도 가장 즐겁고, 기억에 남는 순간이 되는 것이다.

게다가 단 한 번 하룻밤 나를 만난 그 사람의 도움은 나에게 이루 말할 수 없을 정도로 크다. 고민했던 모든 것들을 한방에 날려 버려 주는 그녀의 도움에 나는 할 말을 잃었다. 그리고 이 모든 것을 어떻게 값아 나가야 할지를 생각하게 하는 밤이다.

밟구가세

5. 인도:

자전거로 가장 여행해 보고 싶었던 곳

세 가지 약속

/

인도 여행의 최적기라고 하는 1~2월의 날씨는 지역마다 차이가 극심하게 나타나는데, 그중에서도 남인도는 낮에 평균 30도를 웃도는 매우 더운 날씨이다. 한국의 한여름 또는 그보다 더 더운 날씨라고 생각하면 상상이 가능할 것 같다. 하지만 다행히도 조금은 덜 습한 정도의 날씨이다. 여행객들이 가장 많이 찾는 인도의 중부는 남인도보다 훨씬 선선한 날씨이기 때문에 많은 여행객들이 12~2월 사이에 인도로 여행을 많이 간다. 이렇게 덥고, 치안이 안정되어 있지 않다고 알려진 인도를 자전거로 여행한다고 하니 많은 이들이 걱정을 한다. '성추행이 많다고 하는데…', '인도는 여성의 인권이 좋지 않다는데…' 등등.

하지만 이 모든 걱정을 뒤로하고 남인도의 한 도시인 첸나이(Chennai)에 도착했다.

인도를 굳이 자전거로 여행하려는 이유는 간단하다. 6년 전, 인도 여행을 계획하며 자전거 여행을 해 보기 위해 준비하던 과정에서 많은 사람들의 걱정과 충고 속에 자전거 여행을 포기했기 때문이다. 당시 나는 접이식이면서 휴대가 간편한 자전거인 미니벨로로 하는 인도 여행을 계획하고 있었다. 하지만 많은 이들이 '죽을 수도 있다', '다른 곳도 아니고 인도에서 자전거? 그것도 여자가?', '다시 생각해 보고 결정하는 게 좋을 것 같다. 배낭여행으로도 힘든 여행이 인도

다'라는 말을 했다. 이런 이야기를 듣고 있자니 자연스럽게 인도 자전거 여행을 포기하게 되었다. 하지만 당시 인도에서 힌두교의 성지로 잘 알려져 여행자들이 가장 많이 찾는 바라나시(Varanasi)에서 우연히 4명의 한국 자전거 여행자를 만날 수가 있었다. 그중에 1명은 자전거 세계 여행 중이었고, 다른 세 명은 인도만 또는 아시아만 여행을 하는 중이었다. 그들을 만나고 아주 잠시 이야기를 나누고 난 뒤에 생각했다. '불가능하지 않은 일이야⋯. 왜 사람들은 불가능하다고 한 것일까?'

그때의 기억으로 이번 자전거 여행을 준비하면서 꼭 자전거로 여행해 보고 싶었던 여행지가 바로 이 '인도'일 정도였다. 그렇게 부푼 기대를 안고 도착한 남인도 첸나이 공항. 도착한 다음 날 스리랑카에서 만난 일본 친구 마유미가 소개를 해 준 인도 친구 나바스를 만났다. 그는 그가 가르치는 제자들과 함께 나를 만나기 위해 내가 묵고 있는 호텔로 차를 몰고 찾아왔다. 그러고는 내 모든 짐을 차에 싣고 이동 준비를 했다. 자전거도 어떻게든지 차에 싣고 이동해 보려고 노력하는 그의 모습을 보고는 자전거는 내가 타고 가겠다고 하니, 꽤 긴 거리라며 걱정을 해 주던 나바스와 그의 제자들. 차가 앞장서서 달리면 내가 그 뒤를 따랐다. 그렇게 약 13㎞의 거리를 자전거로 이동해서 제일 먼저 찾아간 곳은 나바스가 운영하고 있는 체육관이었다. 체육관에서 휴식을 취하고 있는 동안 나바스는 자신의 제자들의 도움을 받아 체육관에서 한 블록 떨어진 근처에 있는 숙소를 알아보고는 내가 첸나이에서 지내는 동안의 모든 숙박비를 지불해 주었다. 그뿐만 아니라 삼시 세끼도 잊지 않고 챙겨 주었다.

그렇게 4일 동안 그곳에 있으면서 나는 체육관 사람들에게 태권도를 시범보였고, 그는 가라데와 합기도를 나에게 알려 주기도 하며 서로 가지고 있는 전통의 무술을 교류하는 뜻깊은 시간을 보냈다. 자전거 여행을 출발하며 혹시나 태권도를 할 기회가 생기면 얼마나 좋을지 상상하며 무거워도 늘 자전거 가방의 한쪽을 차지하고 있었던 태권도 도복. 그런데 실제로 내가 상상했던 상황이 펼쳐지니 매우 뿌듯한 마음이 들었다. 그렇게 4박을 하는 동안 아무 조건도 없이 숙식을 제공받았고, 체육관의 사람들과 매일같이 새벽, 저녁 운동을 함께 하며 지냈다.

그렇게 즐거운 시간을 마치고 내가 첸나이를 떠나는 날 나바스는 나에게 딱! 세 가지만 약속해 달라고 했다.

첫째, 절대로 캠핑하지 말 것.

둘째, 오후 4시 전에는 꼭! 숙소를 잡을 것.

셋째, 절대로! 해가 지면 숙소 밖으로 나가지 말 것. 인도는 위험하니까.

그리고 그는 말했다. "나도 인도 사람이지만 인도는 낮에는 괜찮지만, 저녁이 되면 50%의 확률로 위험해. 그러니 내가 한 말 명심하고 꼭! 지켜 주도록 해. 그리고 내 도움이 필요하면 언제든지 연락을 해". 그는 자전거로 여행을 하는 사람도 처음 봤을 뿐만 아니라 내가 여성이기 때문에 더욱 많은 걱정을 해 주었다.

나바스는 그의 걱정을 단순히 걱정으로 끝내는 것이 아니라 내가 인도에서 자전거를 타는 동안 거의 매일 저녁마다 문자를 보내와 '잘 도착을 했는지, 숙소는 잘 잡았는지' 등을 확인했다. 혹시 자신이 도울 수 있는 지역이라면 도움을 줄 것이라는 말도 매번 잊지 않던 그. 덕분에 한번은 말도 통하지 않지만 나바스의 친구라는 이유만으로 한 인도 친구의 집에도 신세를 지는 경험을 했다. 그렇게 첸나이에서 나바스의 배려 덕분에 나는 든든한 마음을 가지고 인도여행을 시작할 수가 있었다.

아프니 누군가가 그립다

/

첸나이를 출발한 날. 사실은 몸이 100% 좋은 상태는 아니었다. 더운 날씨를 자랑하는 남부라고는 하지만 1월이 되면 갑자기 일교차가 많이 나기 시작하는 시기가 약 2주간 이어진다. 덕분에 나는 출발하는 날 감기 기운이 있었고, 그렇게 콧물을 훌쩍거렸다. 하지만 더 이상 신세를 지기에는 미안한 마음이 너무 크게 들었기에 첸나이에 머물기로 했던 4일이라는 시간이 지나고 바로 인도 남부의 끝 깐냐꾸마리(Kanyakumari)를 향해 출발을 했다. 첸나이 도심을 빠져나갈 때까지는 혼잡한 교통 상황 속에 자전거를 타야 해서 사고가 나면 안 된다는 생각에 긴장한 채로 정신을 집중하고 있었다. 그런데 도심을 지나고 시간이 지날수록 차량이 적어지고 도로가 한산해지면서 몸이 좋지 않다는 것을 느낄 수가 있었다. 몸에 힘이 없었고 계속해서 흐르는 콧물은 주체할 수가 없을 정도였다.

일단, 첫날 목적지로 정한 숙소까지 달리기로 했다. 상황을 고려해서 여행객이 조금 모이는 곳이면서 숙소 찾기가 쉬운 장소를 찾아보았는데, 아무리 적게 달려도 약 60㎞를 달려야 하는 상황이었다. 낮 시간대라서 뜨거운 햇살도 함께했지만, 다행히 길은 평지에 가까웠기 때문에 달리는 데 큰 무리는 없었다. 그렇게 도착한 곳은 마하발리푸람(Mahabalipuram). 큰 도시는 아니었지만, 남인도를 여행하는 여행자들이 들르는 관광지 중에 하나여서 저렴하면서도 마음에

드는 숙소를 찾는 것도 어렵지 않았다. 나는 이곳에 있는 숙소 중 세 곳 정도를 방문한 뒤에 가장 가성비가 좋은 방을 잡았고, 그렇게 방을 잡고 나서 몇 시간이 지나자 긴장이 풀렸는지 엄청난 몸살감기 증세를 호소하게 되었다.

그런데 막상 혼자 있으면서 심하게 아프니 서럽기만 했다. 입맛이 없으니 식사도 제대로 하지 못했다. 향신료가 많이 들어가 있는 현지식을 먹기에는 면역성의 문제를 생각할 수밖에 없었는데, 다행히 관광객들이 좀 있는 지역이라서 현지식이 아닌 신선한 음식을 찾을 수가 있었다. 그렇게 먹은 음식은 요구르트와 과일을 넣은 음식, 양송이 스프, 오믈렛 등과 같이 조리가 간단하면서도 부담되지 않는 음식들이었다. 그렇게 3일을 한곳에서 푹 쉬었더니 몸이 많이 좋아졌다.

아프니 가족 생각이 더욱 간절했다. 그런데 시간이 지나도 쉽게 호전되지 않는 몸살감기가 계속되다 보니 너무 가족이 보고 싶어 연락을 하게 되었다. 역시나 음식을 잘 가려서 먹고 약을 잘 챙겨 먹으라며 걱정을 한다. 그래도 이렇게 걱정해 주는 가족들이 있음에 감사함을 느낄 수 있었다.

길 위에서 만난 따뜻한 사람들

/

인도에서 자전거를 타고 있는 나 자신이 신기하기도 하고 대견하기도 했다. 못 할 거라고 했던 여러 사람들의 생각을 따라가지 않고 스스로 결정하고 행동했다는 데 있어서 나 스스로의 만족감도 매우 높았던 순간.

인도로 여행을 하기 전 많은 사람들이 걱정이 된다면서 나에게 했던 말처럼 나 또한 두려웠던 인도 여행이었다. 아니, 두려움은 매우 작았지만 주변 사람들의 말들은 그런 나의 작았던 두려움을 더욱 커지게 만들었다. 하지만 자전거로 꼭 가 보고 싶었던 여행지를 그냥 포기하고 싶지 않았다. 두렵지만 그래도 가 보고 싶은 마음, 자전거로 여행했을 때 어떤 사람들을 만날지에 대한 호기심이 나를 인도로 이끌었다.

그렇게 시작된 인도에서의 자전거 여행이었지만, 정말로 위험하다고 판단이 된다면 자전거를 고집하지 않고 이동할 수 있는 다른 수단을 이용하자는 나와의 약속을 하고 시작했다. 해 보지 않고 그냥 포기한다면 시간이 흘러, 두고두고 후회할 것이 뻔하기 때문이었다.

걱정이 더 많았던 탓이었을까? 아니면, 내가 상상한 것 이상을 보여 줄 수 있다는 것을 누군가가 알려 주고 싶었던 것일까? 의문이 들 정도로 인도에서는 특히나 좋은 사람을 많이도 만났다.

첸나이에서는 가라데 마스터인 나바스와 그의 제자들, 출발하고 첫째날 잡은 숙소에서 호되게 몸살감기로 고생하는 나를 위해 손수 약을 사다 주고 뜨거운 차를 챙겨주던 호스텔 직원, 길 위의 작은 짜이(홍차) 가게에서 물과 짜이를 사 마시려 하는데 그 돈을 모두 지불해 준 퇴역 군인, 말도 통하지 않지만 친구의 부탁으로 나를 재워 준 인도 친구 등등.

　다른 어떤 때보다 유난히 많은 사람들의 도움과 관심을 한몸에 받았다. 그리고 나는 그 덕분에 인도에서 자전거로 여행한 순간들이 너무나 행복했던 것으로 기억된다. 아주 작은 용기를 냈을 뿐이다. 가장 하고 싶었고, 느끼고 싶었던 인도의 도로 위에서 나는 몸소 실천했을 때 얻을 수 있는 기쁨을 느낄 수가 있었다. 대신, 첸나이에서 출발할 때 했던 나바스와의 세 가지 약속은 꼭 지켰다.

길 위의 레이스

/

인도에서 자전거를 타고 달리다 보면 뒤에서 자전거를 타고 따라오는 아이들이 종종 있다. 그들은 자전거를 타고 나를 따라 잡으려 한다. 그간 여행을 하며 짐이 줄어들기도 하고 늘어나기도 하기를 반복하고 있지만, 기본적으로 자전거를 포함한 짐의 무게 총 65kg와 함께 자전거를 타고 있다. 자전거를 타고 달리는 동안 나를 따라오는 아이들을 보면 인사를 하며 그들과 대화를 시도하기도 하지만 대부분의 아이들은 인사를 한 뒤에 내 앞으로 달려 나가 연신 앞서거니 뒤서거니 하면서 자신만의 경주를 할 때가 많다. 앞으로 갈 때는 재미있다는 듯 계속해서 내 동태를 살피기 위해 뒤를 돌아본다. 그리고는 이내 시간이 지나면서 처음에는 호기심으로 나를 따라오던 아이들도 어느새 나와 경쟁하듯 페달링을 하는 것을 보게 된다.

그러면 나는 그들의 기대에 부응이라도 하려는 듯이 조금 더 속력을 높인다. 아이들은 그런 나를 보며 덩달아 속도를 높여 달려본다. 하지만 어느새 추월을 당하게 되는 아이들. 자전거에 설치해 놓은 백미러를 통해 보이는 그들은 자신의 키에 맞지 않는 자전거 위에서 엉덩이를 실룩거리며 일어서서 자전거를 타며 달리는 모습이다. 얼굴에 잔뜩 힘을 주고는 나를 추월하기 위해 전력 질주를 하는 아이들. 하지만 나 또한 질 수 없다는 듯이, 아이들이 따라올수록 더욱 힘껏 페달을 밟는다. 아이들은 나를 따라잡는 것이 역부족이다. 순

간적으로 승부욕이 자극되어 '지지 않겠어!'라는 마음에 나 또한 속
도를 높이는 것이다. 그들이 따라오지 못하게….

그러고는 속으로 외친다. '내 승부욕을 자극하지 마라!'

아마도 자전거 여행을 하기 때문에 자전거에서만큼은 지고 싶지
않다는 심리가 작용했을지도 모른다. 그리고 가끔씩 하게 되는 이
경주는, 길 위에서 만나는 작은 이벤트와 같아서 무료함을 달래 주기
도 하고 나의 승부욕을 경험하게 되는 작은 자극제가 되기도 한다.

아주 작은 용기로 할 수 있는 새로운 시도

/

하루하루 새로운 풍경과 사람들을 만나고 있는 일상 속에서 매번 마음속으로 다짐하는 한마디는 '지레 겁먹지 말아야지'이다. 하지만 말처럼 쉽지 않은 것도 사실이다.

새로운 시도라고 해서 늘 거창한 것은 아니다. 예를 들면 음식이 그렇다. 그래서 매번 새로운 음식에 대해서 조심스럽게 시도를 해 보면 아주 맛있는 음식을 먹게 되는 좋은 결과를 가져올 때도 있다. 실패를 하게 되면 실패를 한 대로 그 음식은 먹지 말자고 극복하면 되지만 그다음에는 새로운 음식에 도전하기에 앞서 망설이게 되는 것 역시 사실이다. 음식 하나를 도전이라고 말하는 이유는, 음식이라는 것은 그 나라의 문화를 알려 주는 역할을 하기 때문이다. 베트남은 연유를 넣은 커피가 유명하다. 그 이유는 이렇다. 베트남에서 나는 커피가 씁쓸한 맛을 내는 종인데, 한때 유행했던 라테 커피를 만들다 보면 더운 날씨로 인해서 우유가 빨리 상하는 문제가 생겼다. 그래서 우유 대신 연유를 넣던 것이 문화로 자리 잡아 현재까지 이어져 오고 있는 것이다. 이렇게 음식을 통해서 알게 되는 고유의 문화를 생각해 보면 색다른 음식을 만났을 때 항상 새로운 맛을 시도해 보는 자세가 필요하다는 생각을 했다.

인도에서도 새로운 음식을 보면 한 번쯤 먹어 보기도 했지만, 늘 성공적인 것은 아니었기 때문에, 인도에서 하루를 마무리하며 저녁

식사를 할 때면 나는 매번 같은 음식을 시켜서 먹는 편이었다. 남인도 음식 중 제일 좋아하는 음식은 단연 '브리야니'였는데, 브리야니는 인도 특유의 독특한 향신료가 들어간 쌀밥에 닭고기나 양고기 등의 선택 재료를 넣고 볶은 인도식 볶음밥 요리이다. 대부분의 남인도 지역에서는 손쉽게 브리야니를 찾을 수가 있고, 게다가 매우 저렴하기까지 하므로 만족스러운 한 끼 식사로 손색이 없었다.

하지만 정말 적은 확률로 브리야니를 팔지 않는 지역을 지나게 되면 새로운 음식을 시도해 본다. 대부분은 그 새로운 시도가 꽤 괜찮은 결과를 가져오기도 하지만, 한번은 닭고기 꼬치를 시도했는데 실패였다. 하지만 이 실패로 인해서 다음 번 시도를 망설이지는 말자고 나와 약속한다.

다양한 오르막길에 대한 고찰

/

　첸나이를 시작으로 남쪽의 끝 깐냐꾸마리까지 가는 길인 남동쪽의 인도를 달릴 때는 평지가 대부분이었다. 그래서 하루하루 큰 어려움 없는 라이딩을 즐길 수가 있었다. 큰 변화가 없는 것처럼 보였고 매일이 똑같은 하루처럼 느껴질 법도 했지만 길 위에서 정이 깊은 인도 사람들을 만나서인지 하루하루가 기대되는 나날들이었다.

　그렇게 인도 남부의 끝 깐냐꾸마리를 지나 남서쪽의 인도로 이동을 하니 매일이 오르막과 내리막의 연속이었다. 너무 가파르지도 평평하지도 않은 길 덕분인지 오히려 즐겁게 오르막을 오르는 경험을 하게 되었다. 가끔씩 멀리서 봤을 때 한눈에 봐도 가파르게 보이는 오르막이 나와 잔뜩 긴장을 하고 달릴 때도 있었지만, 막상 그 앞에 가 보면 그 오르막을 가까이서 마주할 때의 느낌은 전혀 달랐다. 생각보다는 가파르지 않다는 것을 알게 되는 것이다.

　멀리 보이는 오르막을 보고, 먼저 겁을 먹고 시도하지 않았다면 몰랐을 경험이었다. 오히려 오르막 길 중에 가장 힘이 드는 길은 한눈에 봐도 오르막, 내리막임을 알 수 있는 길이 아니라 오히려 끈덕지게 이어지는 오르막길이다. 아주 서서히 올라가는 그러나 눈으로 가늠하기 어려운 오르막. 그냥 보기에는 평지로 보이는 그러한 길. 조금 더 쉬운 비유를 하자면, 내려가고 있는 에스컬레이터를 올라가기 위해 걷고 있는 것과 마찬가지라고 생각하면 될 것 같다. 가만히 있으면 천천히 뒤로 가고, 걷는다고 해서 내가 생각한 만큼의 속도로 올라가지지 않는 것처럼 말이다. 오르막과 내리막이 눈에 훤히 보이면 힘을 내서 달릴 수가 있다. 오히려 그 순간순간을 즐길 수 있는 여유도 생긴다. 하지만 정상이 보이지 않는 길에서는 내가 어디서 휴식을 취해야 가장 좋을지조차 헷갈리게 된다.

하지만 자전거 여행을 하면서 터득하게 된 건 어떤 길이 되었든지, 무엇이 되었든 간에 휴식이 필요하다고 생각되는 곳에서 잠시 휴식을 취하고 달리면 된다는 것이었다. 스트레스 받지 않으며 '달리다 보면 끝나게 되는 길'이기에 페달을 밟고 달리다 보면 결국 목표 지점에 도달하게 된다. 그렇게 달리다 보면 순간순간을 즐길 수 있는 힘도 생기게 된다.

물론, 이렇게 생각이 바뀌기까지는 오랜 시간이 걸리기는 했다.

자신감과 자만심은 종이 한 장 차이

/

다양한 사람을 만나는 경험은 언제나 깨달음을 주는 경우가 대부분이다. 그리고 그를 통해서 나를 돌아보게 하는 힘이 있다는 것을 알게 되었다. 인도를 자전거로 달리면서는 대부분 인도 사람들을 만나 그들의 호의를 받는 경우가 많았다. 그러다가 한번은 세계 배낭여행을 하는 청년을 만나게 된 적이 있다.

아슬아슬한 느낌의 여행자였다. 이제껏 여행을 하며 만났던 여행자들과는 다르다는 것이 느껴졌다. 몇 마디 섞어 보지 않았지만 단번에 그의 자만심을 느낄 수가 있었다. 그것도 한가득이었다. 여행지는 인도. 인도는 많은 사람들이 '나를 찾는 여행'의 여행지로 손꼽는 곳이기도 하다. 또한 '인도 문화의 경험', '인도 사람의 철학에 대한 고찰' 등 오히려 인도 자체의 문화를 더욱 존중하며 다니는 여행자들로 가득한 곳이다. 이 때문에 나는 인도 여행을 좋아하기도 한다. 조금 더 오픈된 마음의 소유자들을 만날 수 있기 때문에 인도 여행이 좋다.

그런데 우연히 만나게 된 이 여행자는 달랐다. 평상시 여행자들과 대화를 할 때의 말투와 인도 사람들을 대할 때의 말투가 전혀 다른 사람. 유독 인도 사람들에게는 소리를 지르며 이야기한다. 한번은 불가촉천민(인도의 최하층 신분)인 인도 사람이 한 걸음 한 걸음 매우 힘들게 짐이 가득 든 수레를 끌고 가고 있는 것을 보더니 그 사람의 의사는 묻지 않고 그와 함께 셀카를 찍는다. 그리고 음식점에서는 음식을 주문하고 나서 인도 사람들은 느리다며 화를 낸다. 존중이라는 것은 전혀 찾아볼 수가 없었다.

경험을 하고 싶어 세계를 돌며 여행을 하고 있다는 그였다. 하지만 늘 자신이 뛰어나다는 것을 경험하고, 그러한 환경에서 살아온 사람이기에 자만심으로 가득 차 있는 모습이었다. 맨 처음에는 당당해 보이는 모습으로 보이기도 했지만 얼마 지나지 않아 그 모습은 남을 무시하는 모습이라는 것을 알 수가 있었다. 아니, 적어도 내 눈에는 다른 사람을 무시하고 있는 것으로 보였다.

여행도 인생. 나 스스로 그를 돌아보면서 말한다. 이 여행이 자만이 아닌 스스로를 돌아보는 경험의 시간이 될 수 있기를. 세상을 더 크게 잘 바라볼 수 있는 사람이 되는 곳에 사용될 수 있기를.

장소에 따라 다르게 들리는 부모님의 잔소리

/

여행 중에도 때로는 부모님의 잔소리가 핸드폰을 따라 저 멀리 한국에서부터 울려 퍼질 때가 있다. 소소한 것들. 블로그를 통해 여행기를 작성하는 나에게 '최근 소식을 블로그에 쓰도록 해 봐라. 먹는 사진 말고 정보가 담긴 사진을 올리는 게 좋을 것 같다' 또는 앞으로를 위해서 '영어 몇 문장이라도 외워서 꼭 그날 사용해 보도록 해라' 등 대부분의 잔소리는 좀 더 내가 좋은 방향으로 가기를 바라는 마음에서 하는 것들이 많다.

한국이었다면 이 말들은 듣기 싫었을 잔소리였을 것이다.

하지만 장기간의 여행을 하며 듣게 되는 이 잔소리가 하루는 음악과도 같은 소리로 들렸다. 따뜻한 마음이 함께 느껴져서라고 생각했다. 그래서 더 많이 듣고 싶었다. 목소리, 숨소리, 잔소리 모든 것이 즐겁게 느껴지는 순간.

멀어지면 비로소 깨닫게 되는 것 중에 하나. 바로 부모님의 마음이 아닐까?

비포장도로는 감각을 극도로 예민하게 만든다

/

남인도를 가다 보면 가끔씩 자갈이 많고, 모래가 많은 비포장길을 달리게 된다. 이런 길은 페달을 밟을 때마다 모래로 인해 미끄러지는 자전거의 균형을 잡는 데 더 많은 신경을 써야 하고, 자갈로 인해 내가 생각지 못하는 방향으로 가려는 핸들을 세게 붙들어 주어야 한다. 그렇기 때문에 평소처럼 이어폰에서 흘러나오는 노래나 라디오에 집중할 수가 없게 된다. 잠시 한눈을 파는 사이에 넘어질 뻔한 적도 있다. 그러니 넘어지지 않도록 온 신경을 집중해서 달려야 한다.

자갈이 많고, 포장되어 있지 않은 길을 달려 보니 인생도 마찬가지가 아닐까 하는 생각이 들었다. 내가 가는 길이 험난하고, 나 자신도 컨트롤하기 힘이 들 때, 그때는 주변의 것을 신경 쓸 겨를이 없다. 오롯이 그 길을 어떻게 빠져나가야 할지에 대해서만 생각해야 한다.

이렇게 길 위에서 하나 더 배운다. 길은 많은 깨달음을 주는 곳이다.

숙이면 쉬워지는 오르막길 달리기

/

자전거로 오르막길을 오를 때 서서 타는 사람이 있고, 몸을 조금 더 숙여서 타는 사람이 있고, 원래 스타일대로 타지만 조금 더 자전거의 기어를 변속해서 천천히 꾸준하게 올라가는 사람 등 여러 가지 방법이 있다. 그런데 다양한 방법 중에 가장 좋은 방법은 상체를 조금 더 숙여 핸들과 얼굴이 조금 더 가깝게 하는 것이다. 그러면 자연스럽게 페달링을 할 때 체중이 더 많이 실리게 되면서 앞으로 나아가게 된다.

하지만 한 가지 방법만을 고집하지 않는다. 때로는 내려서 자전거를 끌고 가기도 한다. 상황에 맞는 다양한 방법으로 접근해야 하는 것이다. 그렇지 않고 한 가지 방법만을 고수한다면 지치게 되기 때문이다. 마치, 인생과 같이 말이다.

도망치기보다 도전하기로 한 이유

/

서남아시아를 끝내고 다음 여정에 대해서 정말 많은 고민을 했다. 남들이 가지 말라던 인도를 한차례 자전거로 여행하며 좋은 추억과 함께한 터였다. 하지만 다음 여정을 중앙아시아로 하려고 하니 여기저기서 들려오는 많은 소문들이 나의 발목을 잡고 놓아주려 하지 않았다. 중앙아시아에 있는 파미르하이웨이는 세계의 지붕이라는 뜻을 가진 곳이다. 최고 높은 고도는 4,655m이며, 평균 2,000m가 넘는 도로로 이어진 곳이다. 비포장 길이 곳곳에 있는 곳, 인가가 없는 구간의 도로를 달려야 한다는 것, 슈퍼나 식당조차 쉽게 찾을 수 없는 그런 길을 달려야 한다고 생각하니 엄두가 나지 않아 '어떻게 하면 도망갈 수 있을까?'를 생각했다. 도망치는 게 쉬워 보여서 가장 쉬운 방법을 택하려고 고민에 고민을 거듭했다. 자전거 여행을 시작하게 된 것이 '두려움을 극복하고, 내가 조금이라도 더 성장해 보기 위해서'였는데, 지금은 막상 눈앞에 보이는 두려움을 피해서 도망칠 궁리만 하고 있는 자신을 보며 '내가 또 도망치려고 하는구나' 하는 생각에 정신을 번쩍 차렸다.

불가능할 것 같고, 포기하고 싶지만 지금 이대로 도전조차 해 보지 않는다면 후회할 것이 뻔하니 일단 해 본 다음에 도망을 쳐도 괜찮다고 판단을 내렸다. 가고 싶지 않아서가 아니라 내 스스로 포기하는 것이라고 생각한다면 적어도 경험해 보는 것과 그렇지 않은 것에는 엄청난 차이가 있으니까 말이다.

사람들이 자전거로 여행하기에 위험하다고 극구 말렸던 인도 여행을 무사히 마칠 수 있었던 것은 단, 한 번의 만남이 주었던 인연으로 맺어진 친구가 꼭 지켜 달라고 했던 3가지 약속

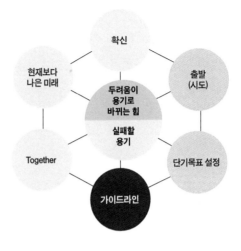

에 관한 조언 덕분이었다. 그렇게 위험한 곳으로 알려진 인도를 따뜻한 기억으로 남게 한 것은 안전하게 여행을 마칠 수 있게 해 주었던 가이드라인이었다. 그리고 이 경험은 여행을 하는 동안 안전을 위한 나만의 가이드라인 설정에 많은 도움을 주었다.

해변에서는 수영을 할 때 위험 지역을 구분하기 위해 가이드라인을 설정해 둔다. 그 덕분에 그 범위 안에서 우리는 안전하게 물과 즐길 수 있는 것이다. 가이드라인 안이라도 위험이 없는 것은 아니지만 확실히 그 확률은 줄어들기 마련이다. 인생을 살아가면서 우리는 필연적으로 위험에 노출될 수밖에 없다. 그때 적절한 가이드라인을 가지고 있다면 위험이란 파도에 휩쓸리지 않고 버틸 수 있는 것이다.

단지 위험하다고 다른 곳에서 느낄 수 없는 것을 포기하는 것은 아쉬운 일이다. 사전에 준비하고 적절한 가이드라인을 설정하고 지킨다면 남들이 누리지 못하는 잊지 못할 경험을 할 수 있을 것이다.

밟구가세

6. 네팔:

엄마와의 배낭여행

인도에서, 엄마와의 재회

/

사실, 처음 엄마와의 여행을 계획할 때는 네팔만 여행하려 했었다. 하지만 아빠의 전폭적인 지지로 인도까지 여행을 하게 되었고, 그렇게 총 2달 동안 엄마와 동행을 하게 되었다. 한국에서 출발하기 전, 비행기 티켓을 구입하고서도 약 한 달 동

안을 '가지 말까?' 하고 고민을 하셨다는 엄마와 나의 만남 장소는 인도 델리 공항이었다. 게다가 엄마가 탑승한 비행기는 한국을 출발해서 말레이시아를 경유해야 하는 여정이어서 걱정도 많이 했다.

인도에 도착해서 나를 만났다는 말을 듣기 전까지 걱정을 하던 가족들을 뒤로하고 엄마는 인도에 도착했다. 첫 해외여행이니만큼 여권 검사를 받고, 짐을 찾는 것조차 엄마에게는 쉬운 과정이 아니었다. 짐을 먼저 찾는 것인지 아니면 여권을 먼저 검사를 받는 것인지 헷갈렸고, 여권 검사를 받고 밖으로 나가버려서 짐을 찾지 못하는 것은 아닐지도 걱정이 되었다고 한다. 그렇게 이 모든 과정이 엄마에게는 각 단계별로 미션을 클리어하는 느낌이었을 그 기분을 나 또한 짐작조차 하기는 어려웠다.

실제로, 인도 공항에서 만난 엄마는 진땀을 많이도 흘렸다고 했다. 모든 것이 처음이기에 그만큼의 긴장감과 그만큼의 집중력을 발휘했을 것이다. 하지만 나를 만나서는 해맑은 표정으로 "엄마 영어 다섯 마디 하고 인도에 왔다~!"라고 하던 순간은 지금도 선명하게 기억에 남아 있다.

혹시나 입국 신고서 작성지를 받아 드는 순간 긴장을 할 것 같아 미리 사전에 입국 심사를 위한 종이 사진을 인터넷을 찾아 보내 드렸었는데, 아니나 다를까 정말로 입국 신고서 작성을 하기 위해 사진을 한참이나 들여다보고서 작성했다는 엄마였다.

기내식이 나오는데 주문을 어떻게 해야 하나? 환승은 어떻게 하나? 공항에 도착해서 짐은 어디서 언제 찾나? 이 모든 것이 도전인 순간들이었을 것이다.

"이제 큰딸 만났으니 걱정 마세요~!" 하고는 늦은 저녁에 도착한 엄마를 모시고 공항 밖으로 나왔다. 인도 공항은 공항 밖으로 나오는 순간 여행자의 정신을 혼미하게 만드는 수많은 호객꾼들과 마주하게 된다. 하지만 사전조사와 그간의 경험으로 우리를 유혹하는 사람들 틈을 유유히 빠져나와 정식으로 운영되는 택시를 타고는 인도 여행자의 거리인 빠하르간즈로 향했다.

커플티 한 장만으로도 행복감을 느낀, 여행의 시작

/

숙소에서 공항까지는 택시로 약 한 시간 정도 소요되는 거리였는데, 연식이 오래된 차량임을 증명하듯 덜컹거리는 차의 움직임과 함께 택시기사의 위험천만한 운전 실력에 떨어야 했다. 핸들을 움켜쥔 그의 손놀림 하나하나는 이동을 하는 내내 엄마를 긴장하게 만들었다.

다행이 늦은 저녁시간이라 차량이 많은 시간은 아니었지만, 3차선을 5차선으로 사용해 버리는 그들의 운전 능력은 충분히 가슴을 줄일 만했다.

그렇게 아슬아슬한 곡예 수준의 이동을 마치고 무사히 숙소에 도착하자마자 엄마는 장시간의 비행에 대한 피로도 뒤로하고 짐을 풀기 시작하더니, 나에게 "이것 봐라~! 커플티 사 왔다~!" 하신다.

한국에서는 단 한 번도 입지 않았을 커플티였다.

커플티 하나에 엄마의 여행에 대한 설렘마저 느낄 수가 있었다. 그래서 나도 모르게 입가에 미소가 번졌다. 결국, 우리 모녀는 인도와 네팔을 여행하는 내내 커플티를 입고 거리를 활보했다. 그리고 함께 맞춰 입은 옷을 볼 때마다 엄마의 미소도 확인할 수가 있었다.

지금, 엄마는 즐기는 중!

/

인도 델리의 대표 여행자 거리인 빠하르간즈(Paharganz)의 가까운 곳에 뉴델리역(NewDelhi station)이 있다. 인도의 중심이 되는 역으로, 수많은 사람들이 모여드는 역이니만큼 그 규모 또한 상당하다. 약 10개가 넘는 레일이 있고, 각 레일에는 인도의 전국에서 기차들이 모여든다. 그리고 이곳 뉴델리역은 여행자의 거리가 가까이 있고, 큰 역 중에 하나이기 때문에 외국인을 위한 매표소가 역내에 따로 있을 정도이다.

인도는 대한민국보다 32배나 큰 나라이기 때문에 그만큼 가 볼 곳도 많다. 엄마를 만난 다음 날 우리는 다음 목적지의 표를 구입하기 위해 오전에 일찍 기차역으로 향했다. 그런데 역으로 들어가는 입구에서 인도 사람들이 여행자로 보이는 우리를 가로막고는 말을 걸기 시작한다.

"어디 가세요?"

"역에 표 사러 가요."

"여기 매표소 이전했어요. 걸어서 5분 정도 떨어진 곳에 가서 사야 돼요."

나는 2010년에 인도를 여행했을 때 같은 수법으로 사기를 당할 뻔한 적이 있어서 이미 그들이 대화를 시도하는 목적이 눈에 훤히 보였다. 변함이 없는 같은 수법이기에 이미 무엇을 위해 그들이 대화를 시도하는지 알고는 있지만, 속아 주는 척 하며 "어디요?"라고 물었다. 그리고 그들이 손가락으로 가리킨 곳을 확인했다. 5분 정도 떨어진 곳이라면 시내 쪽에 있어야 할 텐데, 아무것도 없는 곳을 가리킨다. "에이! 거짓말하지 말아요! 내가 정말로 매표소가 이전했는지 직접 확인해 보고 올게요. 그리고 안에 매표소가 없으면 그때는 내가 당신들을 따라가지요."

너무나 뻔한 그들의 수법에 그 옛날 배낭여행을 했을 때가 떠올랐다. 그때는 이미 표를 다 구입하고 역으로 들어가려는 나를 붙잡고는 "네가 타려는 기차는 오늘 취소됐어"라며, "그 티켓을 취소하고 다른 티켓을 구입할 수 있는 곳은 딱 한 곳인데, 내가 그곳으로 너를 안내해 줄게"라고 하는 사람이었다. 당시에는 당황하기도 했지만 정확히 상황을 알고 싶어서 "어… 그럼 내가 가서 확인을 해 볼게"라고 했지만, 그 친구는 물러서지 않았다. 하지만 기차의 출발 시간이 얼마 남지 않아 나 또한 물러설 수는 없었기에 가서 확인해 보고 취소된 게 맞으면 그때 다른 방법을 생각해 보기로 했다. 호락호락하게 당하지 않는 나의 모습을 보며 그는 "내 사인이 있으면 네가 가려고 하는 목적지의 어떤 기차를 타도 문제없을 거야"라고 하고는 티켓을 프린트한 종이에 사인을 했다. 그리고 역으로 들어가서 확인을 해 보니 내가 예약한 기차는 취소도 되지 않았고, 연착이 비일비재한 인도에서 연착 또한 되지 않은 채 제 시간에 내가 가려고 하는 목적지로 출발했다. 물론, 티켓에 받은 사인 또한 아무 의미가 없었다. 이런 경험이 있기 때문에 이번에도 무사히 그들의 말도 안 되는 말에 속지 않을 수 있었던 것이었다.

그리고 이 상황이 엄마는 너무 재미있으셨나 보다. 사기꾼들을 물리치고 역 내부에 있는 매표소를 향해 들어가면서 엄마는 나에게 가까이 다가와 거의 귓속말에 가깝게 말을 한다.

"이게~ 나 혼자였으면 저 사람들한테 당했을 거야. 엄청 화가 났을 상황인데, 우리 큰딸 있으니까 엄청 재미있네!"라고 말하면서 깔깔깔 웃는 엄마.

이런 상황을 처음 마주한 엄마는 신기하면서도 꽤나 재미있었나 보다. 혼자 계속 키득키득거리며 우리가 당하지 않았다는 거에 꽤 오랜 시간 동안 매우 통쾌해했다.

지금이 아니면 언제 해 보겠니

/

인도는 많은 이들에게는 '꼭 가 보고 싶은 나라' 중에 하나이면서도 '여행의 고수쯤 되어야지만 가는 곳'이라고 많이 알려져 있다. 물론, 이 말들이 모두 정답이라고 할 수는 없지만 그 말의 뜻을 해석해 보면 그만큼 힘든 여행지이면서 그래서 더욱 기억에 많이 남는 곳이라는 뜻이 아닐까?

그런 힘든 여행지에서 엄마와 여행을 한다고 했을 때, 많은 이들이 "너는 어머니 첫 여행인데, 하고많은 곳 중에서 어떻게 인도랑 네팔로 고르게 된 거야? 어머니가 너무 힘드실 것 같은데? 괜찮을까?"라고 말했다. 나 또한 걱정이 되기도 했었다. 그런데 엄마는 내가 생각한 것보다 잘 적응한 듯 보였고 나도 그런 줄 알았다. 하지만 여행이 시작되고 일주일이 지났을 때 엄마는 나에게 고백을 했다.

"나는 처음에 인도에 도착해서 '내가 왜 인도에 온다고 했는가'라면서 발등을 찍고 후회를 했다."

평소에도 눈치가 있는 편은 아니었지만, 이번에도 나는 엄마의 미세한 감정 변화라든가 표정 등을 읽지 못한 것이었다. 이를테면 정신이 없던 첫째날이 지나고 둘째날이 되었을 때 인도 특유의 냄새에 미간을 살짝 찌푸리던 것, 인도 음식보다는 티벳 음식이 입맛에 맞을 것 같아 함께 갔던 사람 두 명이 지나가면 꽉 차버릴 것만 같은 폭의 골목에 자리했던 식당에 갔을 때 주위를 두리번거리던 엄마의 표정, 걸을 때면 평소와 달리 나에게 팔짱을 꼬옥 끼고는 놓지 않았던 순간 등. 나는 왜 이제야 그 이야기를 하느냐고 물어보았다. 그랬더니 엄마는 "이제 좀 괜찮아졌거든"이라고 한다. 딱 일주일 만에 듣는 엄마의 고백이었다.

그래도 함께하기에 참을 수 있었다는 말을 들으니 한편으로는 다행이라는 생각이 들었다. 작은 것 하나까지도 도전이었던 엄마의 여행이었다. 그렇게 우리는 조금씩 서로를 더 알아가고 인도에 적응해 나가면서 '자이살메르'라고 하는 인도 남쪽의 한 사막도시로 여행을 갔다. 많은 여행객들은 '낙타 사파리'를 하기 위해 이곳을 찾는다. 엄마에게 처음 "엄마 여기서는 낙타 사파리가 유명해요"라고 말했을 때 "나 그런 거 시키지 마"가 내가 들은 답변이었다. 그래서 처음에는 낙타 사파리를 경험하게 하고 싶었던 마음을 포기했다가 쉽게 하지 못할 사막에서의 하룻밤을 선사하고 싶어 설득을 했다. 그러다 보니 엄마는 어느새 "그래 한번 해 보지 뭐. 내 평생에 언제 낙타 사파리를 해 보겠니?" 하셨다.

그리고 그렇게 1박 2일간의 여정 동안 불편하기만 했던 낙타를 타는 일이 시간이 지나면서 낙타의 리듬에 몸을 맡길 수 있게 되었고, 모래로 설거지를 하는 사막에서 볼 수 있는 신기한 볼거리도 보고, 사막의 가장 아름다운 일몰도 보았다.

지금이 아니라면 언제 해 볼 수 있을지 모른다는 그 생각으로 했던 경험으로 인해 평생 이야기할 추억거리가 하나 더 추가된 셈이다.

잠시 이별 앞에서 눈시울이 붉어진 엄마

/

인도에서의 한 달간의 여정을 마치고 우리가 간 곳은 엄마의 이번 여행에서 가장 중요한 목적지이기도 한 곳인 네팔이었다. 아주 오래 전부터 나도 네팔의 안나푸르나 베이스캠프를 등반해 보고 싶다고 말하곤 했던 엄마였다. 아마도 이 여행의 하이라이트는 바로 이 등반일 것이라는 생각이 들었다. 그렇게 네팔로 이동해 아직 약 일 년 전의 지진으로 인한 복구가 끝나지 않은 카트만두를 지나 포카라로 향했다.

구불구불 산길을 따라 차가 꿀렁꿀렁거리며 달리기를 7시간. 차 안에는 알아들을 수 없는 인도와 네팔 음악이 깔린다. 그렇게 도착한 포카라는 카트만두와 다르게 더욱 깨끗하면서 활기가 넘치는 분위기다. 많은 산악인들이 찾는 곳이니만큼 거리 곳곳에서는 등산용품을 파는 곳을 쉽게 볼 수가 있었다. 다행히 4월의 네팔은 쾌청했고 따뜻한 날씨 덕분에 등산을 하기에 딱 좋은 기온이라는 것은 느낄 수가 있었다.

포카라에 도착할 당시 숙소는 예약하지 않았다. 인터넷으로 예약을 하는 것보다 발품을 파는 것이 저렴하면서도 괜찮은 숙소를 구하는 데 효과적일 것이라는 확신 때문이었다. 포카라의 시내를 둘러 나 있는 큰 도로인 메인 도로를 조금 벗어나 골목으로 들어가다 우연히 발견한 호텔은 매우 깔끔하면서도 정원까지 갖춰진 곳이었다. 외관을 봤을 때는 저렴한 여행을 추구하고 있는 나에게는 조금 비싸 보이기 때문에 그냥 지나칠 수도 있으나 엄마는 "그래도 혹시 모르니까 물어나 보자" 하셨다. 그래! 물어보는 거야. 돈 드는 게 아니니까. 들어가서 방을 확인하고 가격을 물어보니 한 방에 800루피(약 8천 원)이라는 것 아닌가! 게다가 화장실 바닥은 어찌나 깨끗한지, 신발을 벗고 화장실을 이용해도 될 정도였다. 그동안 여행을 하면서 봐 왔던 화장실 중에 청결함으로는 손에 꼽을 정도였기에 이 부분도 꽤나 만족스러웠다. 그렇게 처음 본 숙소에 짐을 풀고 트레킹 준비를 위해 포터를 알아보러 다녔다.

그래도 한국 여행객들에게는 꽤 유명하다는 한 한국인 업체를 통해 포터를 구했고, 엄마와 나를 비롯해 중년의 부부, 3명의 청춘 친구들까지 총 7명(3팀)이 함께 등반을 시작하게 되었다. 모두가 처음 본 사이였지만 서로 격려의 말도 해 가면서 오르는 첫날. 목적지에 도착을 하기도 전에 나는 무릎에 이상을 느꼈고, 극심한 통증으로 더 이상의 등반은 무리라는 판단을 내렸다. 우리와 함께 오르던 두 팀은 우선 첫날의 목적지로 가기로 하고 혹시라도 다시 만날 수 있게 된다면 다음 날 만나자고 인사를 한 뒤에 헤어졌다. 나와 엄마는 근처의 롯지(숙소)에 자리를 잡고 이 상황을 어떻게 해야 하는지에 대해서 이야기하기로 했다.

먼저, 지친 몸을 달래기 위해서 샤워를 했다. 고된 산행. 다행히 따뜻한 물이 나오는 숙소여서 하루 동안 쌓여 있던 등산의 피로를 달랠 수가 있었다. 따뜻한 물이 내 몸을 감싸는 느낌이 너무 좋았다. 온종일 땀범벅이었던 몸을 뜨겁지는 않지만 따뜻한 물로 씻을 수 있는 것에 감사하며 샤워를 마쳤다. 그리고 나는 샤워를 하는 내내 어떻게 해야 하는지 고민했다. 엄마의 오랜 꿈이기에 나 때문에 이대로 포기하게 하고 싶지 않았다. 설득해야만 했다.

엄마와 내가 모두 샤워를 마치고 롯지 앞 야외에 펼쳐진 식탁 앞에 앉았다. 여행 내내 껌딱지처럼 한시도 떨어진 적이 없는 엄마와 나였다. 엄마는 같이 하산하자고 했다. 하지만 나는 무릎의 통증이 완화될 때까지 어차피 휴식이 필요했다. 당장 내일이 된다고 해도 무릎은 크게 호전되지 않을 것이 뻔했다. 나는 우리가 고용한 포터를 불러서 책임지고 엄마를 베이스캠프까지 데려가 주겠는지 물어봤다. 포터는 자신만만해하며 자신만 믿고 올라가면 된다고 한다. 하지만 단 하루만의 산행으로 우리가 고용한 포터는 자신의 일에 아직은 능숙하지 않다는 것을 알게 되었기 때문에 믿음직스럽지는 않았다. 그러나 다음 날 산행을 시작하면 먼저 갔던 두 팀을 만나 함께 등반을 할 수가 있을 것이라는 생각이 들었다. 내가 "엄마 이것 때문에 여행 온 거잖아요. 이렇게 포기하지 마세요. 포터랑 둘이 갈 수 있을 거예요. 포터한테 말해서 앞에 먼저 간 팀하고 만날 수 있도록 할게요" 엄마는 눈시울이 붉어졌다. 그러고는 "이제까지 큰 딸 믿고 여기까지 왔는데. 나 혼자 어떻게 가"라고 하신다. 나도 눈시울이 붉어졌다. 하지만 이대로 포기하기에는 너무나 아까운 기회였다.

포터에게 꼭 먼저 간 팀들과 만날 수 있도록 해 달라고 연신 부탁을 했다. 당장 전화해서 정보를 교환하라고. 포터는 "나 못 믿어? 나도 안나푸르나 베이스캠프 20번은 넘게 등반해 본 사람이야"라고 한다. 하지만 오르는 내내 힘든 내색을 있는 대로 내며, 첫날부터 추가의 수고비까지 요구했던 그를 100% 신뢰할 수는 없었다. 먼저 간 중년의 부부와 젊은 청년들과 함께 만나 등반을 하면서 힘을 내서 엄마의 꿈을 이룰 수 있기를 바랐다. 불안했지만 최선의 방법을 택하게 되었고, 그 선택에 후회가 없기를 바랐다. 다음 날이 되고 엄마 혼자 올라가는 그 뒷모습을 보면서 함께 등반하기로 한 이 길을 엄마 홀로 보낸다는 것에 미안한 마음도 컸지만, 최대한 내색하지 않고 웃으며 멋진 풍경 많이 담아오라며 인사를 했다.

2016년 4월 17일의 감동

/

　엄마 홀로 등반을 한다는 소식이 가족들에게 전해지고, 성공적으로 등반을 마친 엄마의 소식을 들은 뒤 동생은 페이스북에 장문의 글을 남겼다. 이 글이 함께 여행을 했던 나의 관점과는 또 다른 울림을 줄 수 있을 것 같아서 옮겨 보았다.

　2016년 4월 17일 작성된 글의 전문은 다음과 같다.

　　근 한 달 전부터 지금까지 우리 가족의 단체채팅방이 조금 요란하고 소란스럽다. 자전거 세계일주 중인 언니의 여정에 엄마가 약 두 달 정도 합류했기 때문이다. 아빠는 삼십 년이라는 긴 시간 동안 사랑과 믿음으로 곁에 있어 주어 고마웠다며 엄마에게 긴 휴가를 선물로 건넸다. 자식 셋이 이런저런 핑계로 해외여행을 다니면서도, 엄만 한 번도 해외여행을 가지 못했었다(않았었다).

　　여행 일정이 결정되자 아빠는 집 안 곳곳에 인도와 네팔 사진을 붙여 엄마를 '이미지 트레이닝'시키기에 여념이 없었다고 하고, 언니와 나는 이런저런 아주 사소한 걱정거리들 — 이를테면 비행기 탑승 게이트를 찾아가는 방법이라든가, 영어 의사소통에 관한 것이라던가, 혹시 모를 사태에 대비한 비상 연락망에 대한 것이라든가 —

로 자주 연락을 취했다. 아, 동생은 군대에서 받은 쥐꼬리만 한(그러나 매우 요긴한) 월급의 얼마를 환전해 엄마에게 건넸다고도 했다. 오로지 엄마만이 '가면 다 되겠지! 엄만 걱정 없어!'라는 태도를 태연하고 일관되게 유지했다.

까륵까륵 웃으며 "엄마 영어 다섯 마디 하고 뉴델리에 도착했다!"는 소식을 받은 뒤에, 채팅방은 조금 더 소란스러워졌다. 아빠는 매일같이 '지금은 어딥니까. 사진 보내주세요'라는 메시지를 보내왔고, 언닌 각종 기기로 찍은 사진을 상황 묘사나 설명과 함께 성실하게 보내 주었으며, 엄마는 꽤 자주 '여보. 와이셔츠는 빨래방에 맡기셨나요?' 물었고, 아빠는 '살살 조심해서 입고 있지요'라며 엄마가 결코 원하지 않았을 대답을 보내왔다. 나는, 그러니까 나는, 두 모녀의 상봉을 그리(부러)워하고, 아빠가 홀로 보낼 두 달을 걱정하고, 군대에 있는 동생의 존재를 증명하는 카톡방의 사라지지 않는 숫자 1에 혼자 키득거렸다.

가끔 엄마에게 인도의 이국적이고 낯선 풍경에 대한 감상을 듣고, 불편함을 감수하고 얻어내는 어떤 순간들에 대한 기록을 짧은 메시지로 전해 받고, 도저히 상상되지 않았던, 뿌옇게 먼지로 뒤덮인 인도와 네팔 어느 도시의 거리 위에 놓인 엄마의 사진을 보면서 참 낯설고 즐거웠다. 그리고 며칠 전, 약 열흘 정도 예정된 히말라야 등반 도중 언니의 심각한 무릎 통증으로 엄마는 남은 일주일을 홀로 안나푸르나에 올랐다. 그 일주일 동안, 우리 가족은 매일같이 엄마의 안부를 묻는 메시지를 남겼다. 엄마가 힘들지는 않을지, 외롭지는 않을지, 괜찮은 건지, 알 수 없는 안부를 끝낸 오늘, 언니가 엄마 손에 넘겼던 카메라에 찍힌 사진 몇 장을 마침내 받을 수 있었다.

딸이 없어 기운이 나지 않았다고는 하나, 엄만 영락없이 혈혈단신 배낭여행을 떠난 대학생 같은 표정을 하고 있었고, 난 엄마의 이 표정이 너무 좋아 한동안 내내 사진을 들여다봤다. 엄마의 남은 여행도, 이처럼 내내 맑기를, 설레기를, 엄마에게 내내 그리울 시간이 될 수 있기를 바라고 또 기도한다.

작은 꿈을 이뤄낸, 엄마의 말

/

산은, 특히나 네팔의 산은 통신이 잘 되지 않는다. 그렇기 때문에 포터에게 연락을 취해도 답장이 오지 않는 경우도 많았다. 그렇게 한 롯지에 자리를 잡고 무릎이 나아지기를 기다리며 기다린 시간은 5일이었다. 인터넷도 잘 되지 않는 곳이라 내가 할 수 있는 것은 책을 읽는 것, 풍경을 바라보는 것, 엄마와 같은 목적지로 향하는 사람들과 짧은 대회를 나누는 일, 비가 오면 걱정을 하는 일뿐이었다. 하지만 나쁘지 않았다. 오랜만에 세상 이야기를 멀리하고 산속에서 살아가는 순수한 산 사람들과 이야기를 나누었고, 비가 오는 풍경을 오롯이 바라볼 수가 있었다. 그렇게 5일간의 기다림이 끝나고 하산하는 엄마와 그때 함께 길을 나섰던 한국 팀을 만나게 되었다. 그러지 않기를 바랐지만, 포터는 엄마를 제대로 보필하지 못했다는 소식을 먼저 하산한 다른 팀들을 통해서 듣게 되어서 속상한 마음이 매우 컸다. 하지만 나를 보며 활짝 웃는 미소와 함께 두 팔 벌려 다가오는 엄마를 보니, 무사히 목적지에 다녀오셨다는 기쁨이 제일 먼저 나를 웃게 만들어 주었다.

하산을 하며 엄마가 한 말 중에 가장 기억에 남는 말은 "그래도 꿈을 이뤄서 좋다"였다. 사실, 젊은 사람들도 힘들어하는 고된 산행이었다. 고산증세에 포기하는 사람도 있고, 나처럼 산을 오르다 부상으로 하산을 하는 사람도 있다. 엄마도 무척이나 힘이 들었다고

한다. "두 번은 못 타겠다"고 하실 정도로 힘든 산행. 비가 왔을 때
는 비를 막아 주는 커버(Cover)가 있다는 것도 깜박하고 산을 타던
엄마였다고 한다. 하지만 등반이 다 끝난 뒤 들었던 엄마의 말 한마
디 "꿈을 이뤄서 좋다"는 그 말은 내 가슴을 울렸다.

그리고 이 말을 듣고 보니 '그동안 부모이기 때문에 이루지 못했던
꿈들이 얼마나 많을까?' 하는 생각에 마음이 찡해졌다.

III

World

세계의 중심으로

7. 한국:

하프타임

고민 끝에, 잠시 한국으로

/

여행을 시작하며 나는 '6대륙을 다 도는 여행이 끝날 때까지 또는 내가 가진 돈을 다 쓸 때까지 한국에 돌아가지 말자'고 다짐했었다. 하지만 서남아시아 여행을 마치고 중앙아시아로 넘어간 뒤, 중앙아시아를 시작하는 지점인 카자흐스탄 알마티에서 키르기스스탄 비슈켁까지 가는 동안 무릎에 극심한 통증을 느꼈다. 결국, 더 이상 페달링을 할 수 없는 상태까지 이르렀다. 하지만 포기하고 싶지 않아 강행군을 했고, 결국 통증은 참을 수 없는 단계에 이르렀다. 차가 많지 않은 키르기스스탄의 길 한복판에서 여행 중 처음으로 히치하이킹을 시도했다. 약 한 시간의 기다림 끝에 잡은 차의 운전자는 비슈켁까지는 가지 않지만 국경까지 간다고 하는 키르기스스탄 사람이었다. 심지어 영어는 단 한 마디도 통하지 않는 운전자였다. 하지만 무릎이 아프다는 나의 말을 이해한 그는 바로 자신의 차에 내 자전거와 짐을 모두 싣고 국경까지 가 주었다. 한눈에 보기에는 아이 두 명 정도는 있을 것 같았던 운전자. 하지만 실제로는 나보다 3살이나 어렸던 친구. 덕분에 나는 국경까지 안전하게 이동을 할 수가 있었고, 국경에서 비슈켁의 도심까지는 약 20㎞이기 때문에 천천히 자전거로 이동을 했다. 하지만 결국 숙소에 도착해서는 무릎을 부여잡고 상황의 심각성을 깨닫게 되었다. 한발짝 떼는 것조차 고통스러운 통증이 무릎을 타고 온몸으로 흐르는 것만 같았다. 하지만 이대로 나의 여정을 멈추고 싶지 않다는 생각으로 가득 차 있었다. 한국행을 선택한다면 다시 나오기 힘들 것만 같았다. 하지만 이미 여행자 보험도 만료가 되었기 때문에 내가 고를 수 있는 선택지 중 한국행이 가장 유력했다.

엄마는 내가 한국으로 돌아가고 싶어 하지 않는다는 것을 느꼈는지, "일단 한국에 와서 치료부터 받자. 그리고 괜찮으면 그때 다시 해도 되는 거야. 가장 중요한 건 건강이다"라고 했다. 고민에 고민을 거듭했다. '자전거 따위 한국으로 보내 버리고 배낭여행으로 전환을 할까? 아니면 자전거를 잠시 어딘가에 맡겨 두고 한국만 다녀올까?' 등등. 결국 결론은 '자전거까지 다 들고 한국행'이었다.

한국에 도착해서 바로 병원을 찾아갔고, 병원에서 MRI 검사를 한 결과 그동안의 무리한 페달링으로 인해서 무릎에는 물이 찼다는 검사 결과를 들을 수가 있었다. 의사 선생님은 다행히 두 달 정도의 휴식이면 물은 빠질 것이라는 말도 해 주었다. 하지만 물이 빠지더라도 고질적으로 물이 다시 찰 수가 있기 때문에 그래도 조심해야 한다는 것이었다. 나는 이런 전문가의 견해를 바탕으로 약 한 달 정도의 휴식을 취한 뒤에 무릎이 괜찮아진 것 같다고 생각이 되어 한 달 반 만에 출국 준비를 서둘렀다.

만약 무릎이 처음 아팠던 중앙아시아에서 무리를 해서 여정을 강행했더라면 얼마 동안 여행을 더 할 수 있었겠지만 애초에 계획했던 것에 미치지 못할 가능성이 훨씬 높았다. 한계를 극복하는 것 또한 의미 있는 일이지만 한계를 넘어 신체의 손상이 넘어설 정도로 무리를 할 필요는 없을 것 같다. 이렇게 계획에도 없던 뜻밖의 휴식은 나에게 여행에 대한 의미를 새롭게 하는 소중한 계기가 되었다.

변하기로 결정했다면 두려움을 친구로

/

한 달 반의 한국 생활은 말 그대로 '꿀 빠는 생활'이었다. 집에 들어가면 엄마의 정성이 느껴지는 따뜻한 밥상이 있고, 나를 편하게 쉬게 해 주는 공간이 있으며 만나고 싶으면 언제든 만날 수 있는 가족과 친구들이 있었다. 어쩌면 직업만 있다면 그냥 그렇게 살아갈 수 있는 아주 좋은 환경.

하지만 나는 또 다시 비행기에 몸을 싣기로 했다. 고민도 해 본다. 힘들다는 것도 알고, 많은 불편을 감수해야 한다는 것도 그간의 경험을 통해서 아주 잘 알고 있기 때문이다. 길 위에서의 삶은 언제나 불확실하고, 안전하지 않다. 그렇기 때문에 더욱 흔들리게 된다. 마음만 흔들리는 것이 아니다. 나의 이런 마음을 대변이라도 하듯이 갑자기 무릎이 시큰거리며 아파오기도 한다. 오히려 처음 여행을 출발할 때만큼 마냥 설레고 좋은 것만은 아니다. 하지만 나는 변하기로 했다. 스스로와의 약속을 이뤄내고, 그를 통해 한층 성장한 나를 발견하고 싶다는 생각이 강했던 처음 시작을 생각해 본다. 그러니 다시 시작하면서 생기는 두려움과 맞설 용기를 내야 한다. 한 번 더 그리고 또 한 번 더.

시간 흐름의 상대성

/

한국에 도착해 지인들을 만났다. 다들 한결같이 "벌써 1년이 지난 거야?"라며 의아해한다. 자신은 고작 6개월 정도의 시간이 지난 것 같다고 하는 사람들. 나에게 1년이라는 시간은 길고도 긴 시간이었다. 심지어 1년이 아닌 더 오랫동안 여행을 하고 잠시 한국에 들른 느낌이었는데, 내가 느끼는 시간의 흐름과 한국에서 일상을 보낸 지인들의 시간의 흐름은 다르다는 것을 깨닫게 되었다.

나는 매일 다른 환경, 잠자리, 사람들을 만나는 일상을 보내왔다. 그래서일까, 반복되어 보이는 일상 속에서 매일같이 크고 작은 것들을 시도하고 경험해서인지 시간이 느리게 간다고 느꼈던 것이었다.

우리는 흔히 10대는 10㎞/h의 속력으로, 20대는 20㎞/h의 속력으로 그리고 나이가 들어 50대가 되고 60대가 되면 50㎞/h, 60㎞/h의 속력으로 삶을 살아간다고 한다. 아마도 익숙한 것들을 더욱 자주 반복하게 되고 나이가 들수록 새로운 것들보다는 자주 경험했던 것들을 다시 경험하게 되는 순간들이 많아서 그런 것이 아닐까? 그들의 시간을 늦추는 방법은 10대가 새로운 것을 많이 접해서 시간이 느리게 흐르는 것처럼 그동안 한 번도 해 보지 않았던 것들을 시도해 보는 것에 있지 않을까 생각한다.

시간의 흐름의 상대성을 확인하기 위해, 아이슈타인의 상대성이론을 연구할 필요는 없다. 내가 느낀 사례처럼 누구에게나 시간의 상대성을 느끼는 경험은 있을 것이다. 내가 과거에 어디에 있었고, 현재 어디에 있으며, 앞으로 어디로 가야 할지에 대한 방향성을 가지고 있다면 시간 흐름에 휘둘리는 것이 아니라 시간의 흐름을 주도할 수 있을 것이다. 우리에게 적절한 변화가, 일상에서 벗어난 여행이 필요한 이유이기도 하다.

8. 중앙아시아:

생소한 나라

당신이 원하는 것을 하고 있나요?

/

다시 시작한 자전거 여행은 2016년 7월경이었다. 중앙아시아에서 시작하게 되는 만큼 마음의 준비도 더 많이 했다. 그리고 중앙아시아라는 지리적인 상황 때문인지 혼자보다는 함께 자전거 여행을 하는 사람들이 많던 곳이기도 하다. 나 또한 시작한 시기도 시작한 이유도 시작한 국가도 모두 다른, 세계에 퍼져 있는 한국 자전거 세계 여행자들과 만나게 되었다. 우리는 서로 본 적은 없지만 자전거 여행을 하는 동안 SNS를 통해 정보를 교환하고 서로를 응원하며 나름 친한 친구의 관계를 유지하며 지내 왔다. 그러다가 파미르 하이웨이를 달리게 될 예정이라는 글을 올리니 생각보다 많은 한국 자전거 여행자들이 합류 의사를 밝혀 왔다. 그렇게 모인 인원은 총 6명(여성 1명, 남성 3명, 커플 한 팀). 그렇게 모인 우리는 바로 비자 준비를 하기 시작했다. 중앙아시아는 비자 발급이 까다로운 나라들이 있기 때문에 사전에 정보를 수집하고 미리 가야 할 나라들의 비자를 받아야 하는 어려움이 존재한다. 함께 모여 일정을 정리해 보니, 우리는 타지키스탄과 우즈베키스탄의 입국일과 출국일을 정해서 비자를 발급받아야 했다. 특히, 우즈베키스탄의 비자는 거주등록을 포함하여 총 10일의 기다림이 필요했다.

비자를 기다리는 키르기스스탄에서의 10일 동안 우리는 우연히 한국에서 온 대학생 자원봉사자들을 만났다. 그리고 그들의 인솔자는 자전거 여행을 하고 있는 우리(당시 프랑스 자전거 여행자를 포함 총 7명이 함께 있었다)에게 학생들을 위한 각 5분씩의 스피치를 부탁했다.

다수의 자전거 여행자들이 대학생들에게 말한다. '하고 싶은 거 하세요'. 하지만 나는 이 말의 무서움을 안다. 물론, 아무것도 하지 않는 것보다는 무엇이든지 하면 작은 깨달음을 얻게 된다. 하지만 그 말 그대로 하지 못하는 아이들의 마음 그리고 하고 싶은 것이 무엇인지 모르는 아이들이 가지는 마음의 짐을 생각하면, 답답함이 더 커지지는 않을까 하는 걱정이 든다. 어쩌면 함부로 하면 안 되는 말이라고 생각했다. 이 말을 하려면 적어도 하고 싶은 일을 찾을 수 있는 방법이나 여타 다른 것들을 제시하며 어떻게 해야 하는 것이 좋을지 말을 해 줘야 한다. 아니면 어떻게 자신들이 하고 싶은 일을 찾게 되었는지라도 알려 줬다면 좋지 않았을까?

그래서 나는 이렇게 말했다. "하고 싶은 것을 무조건 하지는 마시고, 왜 그것을 하는지에 대한 이유를 알고 하세요. 그러면 분명 더 많은 것을 볼 수 있을 겁니다". 물론 내 말도 정답이라고 할 수는 없다. 하지만 무조건 하라는 것은 오히려 독이 된다는 것을 안다. 무작정 하다가 '내가 지금 이걸 왜 하고 있는 거지?' 하는 생각이 드는 순간 모든 것이 무의미해지고, 해야 할 이유를 모르기 때문에 더욱 쉽게 포기할 수가 있기 때문이다. 나를 붙잡아 주는 것은 그래도 '해야 할 이유'가 있기 때문이 아닐까? 하지만, 그 이유가 거창해야 한다고는 하지 않았다. 각자의 이유는 그들만이 생각하는 가장 중요한 가치이기 때문에.

여행을 하다 보면 내가 이 여행을 왜 하고 있는지 회의가 들 때가 있다. 비단 여행뿐이겠는가. 인생 또한 마찬가지일 것이다. 그 고비마다 나를 잡아줄 이유가 있다면 힘든 순간을 극복할 가능성이 높을 것이다.

한국을 사랑하는 키르기스스탄의 19세 소녀, 나즈비케

/

비자를 준비하는 약 2주간 한 호스텔을 정해서 그곳에서 생활하게 되었는데, 그렇게 한 지역에서 지내는 동안 지인의 소개로 키르기스스탄에 거주하고 있는 19살의 한국을 너무나 사랑하는 소녀인 나즈비케를 소개받았다. 사실, 두 사람의 만남이 이루어지기 위해서는 시간, 장소의 문제보다는 서로 만나고자 하는 마음이 가장 중요하다. 둘 중 어느 누구라도 적극적으로 만나려고 하지 않는다면 그 만남은 이루어지기가 힘들기 때문이다.

하지만 나즈비케는 엄청나게 적극적인 친구였다. 나 또한 새로운 만남에 대해서는 언제나 환영이다. 우리는 연락을 한 지 몇 시간 만에 만날 장소와 시간이 결정될 정도였다. 이렇게 두 명의 적극성이 만나 엄청난 시너지를 내고는, 급만남을 할 수가 있게 된 것이다. 우리를 만난 나즈비케는 쉴 새 없이 한국말을 쏟아냈다. 한국어를 배우는 이유에 대해서 물어봤을 때 그녀는 한국과 키르기스스탄을 연결하는 역할을 하는 사람이 되고 싶다는 말을 했다. 왜 그렇게 한국을 사랑하고, 적극적으로 만나려고 했는지 설명이 되는 듯했다.

나는 나즈비케를 보며, 잠시 한국에 방문했을 때가 떠올랐다. 여행 중 우연한 기회로 WCO(World Culture Open)에서 진행하는 '컬처 디자이너' 인터뷰를 하게 되었다. 그리고 그 덕분에 한국에 방문한 당시 진행하는 제주도의 문화행사에도 참석하게 되었다. 더 많은 사람들을 만날 수 있을 것이라는 기대감으로 참석한 행사. 정말로 다양한 사람들을 만났지만, 그중에서도 가장 좋았던 건 SNS를 통해 공유와 기부를 하며 투명한 기부문화를 만들어가는 쉐어앤케어와 알게 되었다는 점이다. 지나가는 인사로 '사무실에 커피 한 번 마시러 와요'라고 하셨던 대표님. 이유가 없어도 그 만남 자체로 좋았기 때문에, 나는 정말로 다시 한 번 더 만나 어떤 일을 하는 회사인지 자세히 이야기도 들어 보고 싶기도 해서 편안한 마음으로 놀러간다 생각하고 행사가 끝난 뒤 일주일도 되지 않아 사무실로 찾아갔다. 정말로 맛있는 드립커피를 내려 주시던 대표님은 이런저런 이야기 끝에 쉐어앤케어와 좋은 취지로 함께 다음 여행을 위한 프로젝트를 해 보면 어떻겠느냐고 제안을 해 오셨다. 그리고 급속도로 이루어진 추후 만남들과 지원. 나는 덕분에 잠시 한국에 들려 좋은 기운을 듬뿍 받는 시간을 가졌다.

적극적으로 만남을 성사시켰기 때문에 생겨난 기회. 꼭 받으려고 하는 것보다는 좋은 의미로 서로가 함께하는 것 자체가 좋은 기운을 주기도 한다.

한국을 사랑하는 나즈비케. 그녀의 적극적인 움직임은 현재도 계속되고 있다. 그리고 분명 그 속에서 아주 좋은 기운과 꿈에 다가가게 하는 좋은 사람들을 만나 조금씩 꿈을 키워 나가고 있을 것이다.

누적된 피로, 또 다른 두려움

/

각종 비자 등을 준비하던 약 10일이라는 시간이 흐르고 중앙아시아를 가로지르는 준비를 모두 마쳤다. 사실, 중앙아시아라고 하면 막상 떠오르는 것이 별로 없을 정도로 생소한 곳이었다. 그래서 이제까지 다녔던 여행지들처럼 상상력을 동원하기도 힘든 곳이었고, 설상가상으로 먼저 이곳을 자전거로 여행한 여행자들로부터 사람도 별로 없고 비포장길이 너무 많아 다시는 경험하고 싶지 않다는 이야기를 듣기도 했다.

하지만 다시 중앙아시아 여행을 결정하면서 '일단, 해 보자! 해 보면, 잘한 선택인지 아니었는지 알게 되겠지'라고 생각했었고, 그렇게 비자와 여러 가지를 준비하는 동안 점차 '그래, 할 수 있을 것 같아!'로 생각이 바뀌었다. 아마도 함께하는 이들이 생겼고, 모두가 한마음 한뜻으로 준비하며 할 수 있다는 생각을 심어 줘서 나 또한 더욱더 긍정적으로 바뀌게 된 것일 테다.

어쩌면, 힘들 것이라는 생각과 안 될 수 있다는 생각들은 이전의 비슷한 경험을 통해서 그 힘들다는 느낌을 더욱 생생히 기억하고 있을 때 더욱 강해지는 듯하다. 자전거 여행을 1년 넘게 하는 동안 비포장길도 경험하고, 중앙아시아만큼의 높은 산은 아니었지만 꽤 높이가 있는 산도 달려 보면서 느낄 수 있었던 고통을 통해서 막연하지만 중앙아시아는 이보다 더 험난한 여정이 될 것이라는 것을 알았기 때문에 망설였던 것이다.

하지만 주변에 함께하는 '무언가 하나에 미친 사람들'이 모이면 나도 함께 그 일에 미치게 된다. 그리고 그 힘은 나를 '초긍정'의 상태로 이끈다는 것이 참 묘하다.

이 '할 수 있다'는 생각. 중앙아시아의 높은 산을 타기 시작하면서 이 말을 취소하고 싶어지기도 했다. 하지만, 적어도 후회는 없을 것이라는 믿음으로 달렸다. 가장 무서운 건 날씨 같은 환경적 요인보다 두려움, 외로움, 의심 등 마음속에서 일어나는 감정들이다. 이러한 감정들을 잘 이겨 냈을 때 한계를 뛰어넘는 것 같다.

도전과 여행의 사이

/

중앙아시아에서 자전거를 탄 지 며칠이나 지났을까? 아마도 3일째가 되던 날이었던 것으로 기억한다. 열심히 달리다 보니, 이미 소문으로 익히 들어 알고 있는 계속되는 오르막이 나왔다. 3,000m의 산을 두 번 넘어야 하는데, 특히 첫 번째 산이 매우 힘들 것이라는 말을 많이도 들었다. 내 눈을 의심할 정도로 끝없이 펼쳐지는 산과 계속되는 오르막이 나오니 더 힘이 드는 것 같았다. 끝없이 이어지는 오르막길은 사진은 고사하고 힘겹게 올라가기에도 정신이 없었다. 내리막길이라고는 전혀 찾아볼 수가 없는 오르막을 오르기 시작할 때부터 해가 지기 전에 꼭대기 한 개 정도는 넘어야 한다는 생각에 온 집중을 했다. 저녁이 되면, 동료들과 함께 눈에 띄지 않고 잠을 자기에 적합한 장소를 찾다 보니 혼자였다면 절대로 들어갈 생각조차 하지 않았을 소똥 냄새가 진동하는 폐가에서 하룻밤을 보내기도 했다.

자전거 여행자들과 동행을 하다 보면 여러 가지 스타일을 경험하게 된다. 처음부터 끝까지 가장 느린 사람의 속도에 맞춰서 함께 달리는 방법도 있고, 모두가 함께 속도를 맞춰 달리기에는 각자의 체력이나 속도에 차이가 많이 나기 때문에 지도를 확인하고, 약 10~20㎞ 지점을 정해서 만나기도 한다. 중앙아시아에서 특히나 오르막이 많은 지형적인 특성 때문에 후자의 방법으로 함께 동행을 했다. 그렇게 이어진 오르막은 12%의 경사도가 20㎞ 이상 계속되었다. 그리고 이 길 위에서는 자전거를 타기보다는 끌고 가는 게 대부분이었다. 저 멀리 보이는 설산의 풍경에 잠시 숨을 고르며 휴식을 취하기도 했다. 하지만 오르막은 계속되었다. 앞과 뒤 모두 멋진 풍경이 펼쳐져 있지만 감상할 여유는 별로 없다. 하지만 아무리 힘든 오르막이어도 함께하는 이들이 있어서 힘이 되었고, 다 같이 미소와 파이팅으로 달렸다.

그동안 여행을 하며 동남아, 서남아시아에서는 주로 평지를 달렸었다. 자전거를 타다 보면 어떤 길이든지 잘 탈 수 있을 것이라는 생각도 하게 된다. 하지만 오르막에 사용되는 근육은 다르기 때문에 오르막이 더 가파를수록 그리고 거리가 늘어날수록 힘에 부치는 것을 느낄 수가 있었다. 해는 서서히 지고, 나보다 앞질러 가던 5명은 이제 시야에서 멀어진 지 오래다. 몇 킬로미터를 앞두고 이미 길은 칠흑 같은 어둠이 깔렸고, 오르막은 계속된다. 가끔씩 지나가는 트럭의 헤드라이트가 나의 갈 길을 가늠하게 해 준다. 숨은 턱까지 차올랐고, 20걸음 끌바(자전거를 밀면서 올라가는 것)를 하고 나면 큰 숨을 몇 번이고 쉬어야만 다시 걸을 수가 있었다. 이때는 몰랐다. 이런 증상이 고산증이었다는 것을. 얼마나 올랐을까? 꼭대기가 어디쯤일지 가늠하기도 힘들고, 포기하고 싶던 그때 그 순간에 저 멀리서 작은 불빛이 보였다. 그렇게 나를 찾아서 올라갔던 길을 되짚어 내려온 지성 오빠는 묵묵히 동료들이 있는 지점에 도착할 때까지 뒤에서 자전거를 밀어 주며 함께 올라가 주었다. 산꼭대기에서 우리는 밖에 텐트를 치고 자기 위해 팀원들이 나누어서 근처를 수소문했지만 마땅한 장소를 찾기 어려웠다. 게다가 고도 3,000m가 넘는 곳이어서 기온은 계속해서 떨어지고 있는 상태. 다행히 수소문을 한 끝에, 꼭대기에 위치한 경찰서 한쪽 강당 같은 곳에서 가까스로 잠자리를 마련하였다. 그리고 바짝 긴장한 채로 도착한 경찰서의 강당 한쪽에서 나는 긴장이 풀렸는지 고산증을 호소하기 시작했다. 숨쉬기가 힘들고, 머리가 아팠다. 고통 때문인지 하염없이 눈물이 쏟아져 나왔다. 저림 현상이 얼굴까지 올라왔다. 동행들도 당황했다. 경찰들이 나의 상태를 보고는 경찰서 내에 상주해 있는 의사를 데려와서 혈압을 재고 약을 주었다. 다행히 약을 먹고, 팀원들이 모두 힘을 합해 보살펴 준 덕에 1시간이 지난 후 몸의 상태가 많이 호전될 수가 있었다. 여전히 약간의 고산증은 남아 있었지만, 큰 고비는 넘긴 듯 보였고 팀원들의 빠른 응급처치 덕분에 편안하게 잠을 잘 수가 있었다.

다음 날이 되었다. 우리가 원하는 목적지로 가기 위해서는 터널을 지나야 하는데 경찰이 터널의 공기순환 상태가 좋지 않아 터널 내부에 가스가 많기 때문에 절대로 자전거로 갈 수 없다고 하면서 우리가 무사히 지나갈 수 있도록 차 잡는 것을 도와 줬다. 자전거 6대 다 싣고 이동할 수 있도록 차량 2대를 잡아 주어서 터널을 무사히 통과할 수 있었다. 그렇게 동행과 경찰의 도움으로 첫 3,000m의 산을 넘어갈 수 있었다.

이런 모든 여정들을 돌아봤을 때, 여행이라기보다는 고행의 길이라 표현이 어울리는 여정이었다. 이 고행의 길 위에서 마음속에서 후회라는 단어를 꺼내들기도 했지만 포기라는 단어는 생각하지 않았다. 도전하기로 했기 때문에 작은 마침표 정도는 찍고 싶었던 마음이 크기 때문일 것이다. 해 보지 않았다면 몰랐을 여정 속에서 후회는 할 수 있지만 쉽게 포기하지 않기로 했기 때문에 여행과 도전의 그 사이에 머무르며 달렸다.

3,150m의 정상, 60㎞의 내리막

/

힘들게 하루 종일 고생하며 올라간 오르막. 이제는 내리막을 즐길 차례. 쭉쭉 뻗어 있는 내리막길에서는 마음의 여유가 있으니 멋진 풍경이 내 눈을 사로잡는다. 적당한 풍경이라면 지나치겠지만 다시는 볼 수 없을 풍경들이 눈앞에 펼쳐지니, 자전거를 멈춰 세워 두고 멋진 풍경을 카메라에 담아 본다.

6명이기에 힘든 시간도, 즐거운 시간도 혼자가 아닌 함께 나눌 수 있는 행복을 경험해 본다. 키르기스스탄에서 자주 볼 수 있는 유르트는 몽골의 게르와 비슷한 이동식 전통가옥인데, 이 또한 풍경 속에 들어가니 더 멋져 보였다. 하지만 멋져 보이는 것은 풍경뿐만이 아니다. 시골로 가면 갈수록 때묻지 않은 사람들을 보게 된다. 비록 말은 통하지 않아도 그들의 표정이나 행동 등을 보면 알 수가 있다. 'Hello'라는 말 한마디에 따스함이 있는 그런 분위기. 시간이 지날수록 인사말 정도는 현지의 언어를 사용해 본다. 그러면 나를 향해 더욱 활짝 웃어 주는 모습을 볼 수가 있다.

달리는 길에 내리막이 계속되는 법은 없다. 다시 오르막과 내리막이 번갈아 나온다. 더구나 유난히 맞바람이 많이 불어 페달링을 해도 자전거가 쉽게 앞으로 나아가지 않아 에너지 소비가 크다. 이럴 때는 함께 자전거를 타는 사람들이 더욱 가까이 붙어서 달리며 힘을 합해 서로의 바람을 막아 주며 자전거를 탄다. 그렇게 하면 조금이나마 에너지 소비를 줄일 수가 있지만, 평소보다 빨리 지치는 것은 어쩔 수가 없다. 그렇게 달리다가 아직 공사가 마무리되지 않은 집에 주인의 허락을 받아 취침 장소로 사용할 수 있게 되었다. 식사하고 하룻밤을 지내는 스쳐지나가는 장소지만, 조금이라도 바람을 막아 주고 안락하게 잘 수 있다는 사실에 감사한 마음이 든다. 하지만 아무리 안락하다고 해도 자전거 여행자의 숙명인 것처럼 몸은 늘 뻐근하고, 쉽게 풀리지 않는다. 아침에 기상을 하면, 평균 고도가 2,000m라는 점을 증명이라도 하듯 다들 한껏 부은 얼굴들로 잠자리를 정리하고 길을 다시 나선다.

달리다 보니, 또 12%의 오르막길이다. 8% 아니면 12%의 오르막 경사도. 비슈켁에서 오쉬 방향으로 자전거를 타게 되면 처음 만나는 3,100m 지점은 정말 너무너무 힘들게 올라가야 했다. 하지만 두 번째 3,150m 지점은 거의 2,400m 선에서 오르락내리락하다가 올라가기 때문에 조금은 수월하게 올라갈 수 있었다. 고산증 때문에 걱정도 많았지만 조금 적응이 되었는지 숨만 찬 정도에서 끝날 수 있었던 두 번째 높은 꼭대기. 그곳에서 우리는 멋진 사진을 남기기 위해 여러 장의 사진을 찍어 보았다. 멋진 이 풍경을 뒤로하고 씽씽 달리는 오토바이 여행자들도 있었지만 자전거를 타고 올라와서 그런지 아무래도 그냥 그런 풍경이 아닌 멋진 풍경으로 다가왔다. 그 멋진 풍경에 취해 한 시간가량 사진도 찍고, 가만히 앉아 바람도 느껴 보았다.

이제 충분히 즐겼으니 내려가 볼까? 앞으로 이어질 길은 내리막길. 높이 올라온 만큼 내리막도 그만큼 길 것이라고 생각했다. 그렇

지만 생각을 넘어선 약 60㎞의 끝없는 내리막. 단 한 번도 경험할
수 없었던 장거리의 내리막길을 신나게 내달리니 어느새 톡토굴
(Toktogul) 마을에 도착해 있었다. 오르막과 역풍으로 고생이 정점
에 이르렀지만, 수고로움에 걸맞은 멋진 내리막을 즐길 수 있는 하
루였다.

 큰 오르막 뒤에 오는 내리막을 만끽했던 순간은 고단한 하루를
마무리하고 먹는 달콤한 디저트 같은 느낌이었다.

매일 밤 초대가 끊이지 않던 곳

/

9월 중순이 되고, 동행들과 함께 지낸 지도 2달이 되는 시점이었다. 중앙아시아에서 함께한 마지막 나라는 우즈베키스탄이었는데, 우즈베키스탄은 내륙으로만 둘러싸여 있는 이중 내륙국이고 사막 지형이 많은 나라이다. 비자를 받는 것조차 쉽지 않고, 3일에 한 번은 꼭 거주등록(숙소에서 잠을 잤다는 확인서)을 받아야 하기 때문에 여행자들이 불편함을 감수하면서 다녀야 하는 곳이다.

하지만 이러한 불편함 때문에 기억에 많이 남게 된 나라는 아니다. 중앙아시아를 떠올릴 때면 우즈베키스탄 사람들의 유난스러운 친절함을 잊을 수가 없기 때문에 더욱 따뜻한 마음으로 그 나라를 바라보게 된다.

3일에 한 번 거주등록을 하기 위해 뜨거운 태양 아래 유난히 하루 이동거리가 많았던 것으로 기억되는 곳. 하지만 매번 쉬는 시간이면 길거리에서 파는 수박 한 통이 아주 맛있고 시원한 간식거리가 되어 주기도 했던 곳이었다. 게다가 한화로 약 1천 원이면 사 먹을 수 있다는 사실에 평소보다 더 많은 과일을 섭취하기도 했다.

저녁이 되면 우리는 늘 그래 왔던 것처럼 텐트를 칠 만한 장소를 물색했다. 3일에 한 번 해야 하는 거주등록을 위한 숙박을 제외하고는 자연스럽게 텐트에서 생활을 했는데, 우즈베키스탄에서는 하루가 멀다 하고 거의 매일 같이 현지인의 집에 초대되어 잠을 잤다.

저녁에 몰래 텐트를 치려다가 주변에 사는 마을 주민에게 걸려서 오히려 그 집에 초대를 받기도 하고, 마당에 텐트를 쳐도 되는지 물어봤다가 저녁식사와 아침식사를 대접받기도 했다. 우연히 길 위에서 휴식을 취하고 있는 도중에 만난 행인이 수박을 사 주는가 하면, 식당에 밥을 먹으러 들어갔다가 한국어를 할 줄 아는 사람을 우연히 만나 하룻밤 신세를 지기도 했었다. 단순히 신세를 지는 것을 떠나 식사 대접을 해 주고 그들이 해 줄 수 있는 최고의 호의를 베풀어 주던 사람들을 계속해서 만나는 것이 신기할 정도였다. 식사나 잠자리를 제공받는 것뿐만이 아니었다. 도시에 들어가서는 단지 한국어를 사용할 줄 안다는 것 때문에 함께 입장을 했던 관광지의 안내를 받기도 했다.

우즈베키스탄은 그래서 유난히 따뜻하고, 정이 가는 나라가 되어 버렸다. 그들이 준 대가 없는 호의는 때로는 미안한 마음마저 들게 했지만 그래서 더욱 기억에 남고 사랑스러운 나라로 기억되는 것이 아닐까? 그동안의 힘든 여정을 보상이라도 받듯이 중앙아시아의 마지막 여행지가 우즈베키스탄이었다는 것이 다행으로 느껴졌다. 그리고 상상하지도 못할 만큼의 따스함을 마음에 담을 수가 있었다.

말이 통하지 않아도 정성은 느껴진다

/

10월 말경 약 3개월 동안 함께했던 동료들과 작별인사를 하고, 나는 코카서스 지역으로 건너가게 되었다. 함께했던 동행 중에 한 명은 우즈베키스탄에 도착한 지 며칠 뒤에 한국으로 돌아갔고, 커플은 우즈베키스탄 여행까지 우리와 함께 마무리를 한 뒤에 한국으로 돌아갔으며, 2명의 여행자는 일단 러시아까지 함께 달리기로 했다. 그렇게 각자 선택한 여정을 다시 시작하는 우리들은 언제나 그랬던 것처럼 서로를 응원하고 격려하면서 길 위에서 언젠가 다시 만나자는 약속을 하고 헤어졌다.

내가 선택한 코카서스 지역은 아시아 서북부 흑해와 카스피해 사이에 위치한 좁은 지역을 말한다. 러시아, 조지아, 아제르바이잔, 아르메니아 등이 국경을 접하고 있다. 하루는 아제르바이잔에서 조지아로 향하는 길을 달리고 있는데 빗방울이 떨어지기 시작하더니 꽤 많은 비가 쏟아지기 시작했다. 일단 비를 피하고, 우비를 뒤집어 쓴 뒤 시간을 확인하니 오후 4시경. 해가 짧아 5시 30분 정도면 해가 지는 시기였기 때문에 근처에 비를 피하면서 텐트를 칠 곳을 찾아봤지만 쉽지가 않았다.

눈에 띄는 주민들에게 근처에 호텔이 있는지 물어봤지만 이 동네는 그런 건 없다고 한다. 난감한 상황이다. 그때, 이 상황을 어떻게 해야 좋을지 몰라 우왕좌왕하고 있는 나를 지켜보던 근처의 철도 직원이 있었는데, 기차가 지나가는 것을 확인하는 작은 사무실에 있던 철도 직원이 지하에 있는 창고를 사용해도 된다고 안내를 해 주었다. 이미 마을에서 벗어나기에는 시간이 늦어 버렸고, 쏟아지는 빗줄기는 쉽게 그칠 것 같지 않아 창고를 이용하기로 했다. 창고라는 말 그대로 반지하에 있는 조금은 어두운 장소였지만, 나에게는 밝은 손전등이 있었다. 풋 프린트를 깔고 짐을 놓은 뒤, 창고의 한쪽 구석에 텐트를 치고 저녁 먹을 준비를 하고 있는데 철도 직원 아저씨가 해바라기 씨를 가져다주며 먹으라고 한다. 혹시 모르니 경계를 늦추지 않은 상태로 나는 아저씨에게 감사인사를 했다. 다시 식사를 만들기 시작하는데, 자전거를 타고 있을 때 길 위에서 오늘 만든 소시지라면서 건네 받은 게 생각이 났다. 반찬으로 먹을 재료가 별로 없었는데 소시지를 이용해 케첩볶음을 만들어 먹었다. 쌀쌀한 날씨에 그냥 따뜻한 밥과 반찬만으로도 행복한 순간이었다.

그렇게 식사를 하고 혼자만의 시간을 즐기고 있는데, 아저씨가 나에게 차(Tea)를 권하면서 자신의 퇴근시간이 7시 30분인데 함께 자신의 집으로 가자고 한다. 인상은 선해 보이고 나쁜 의도가 있어 보이지는 않지만 혹시나 하는 마음에 의심을 하기 시작했다. 그런데 더욱 적극적으로 자신의 집으로 가자고 하는 아저씨. 영어를 전혀 하지 못하기에 의사소통은 손짓과 몸짓 그리고 정확하지는 않지만 번역기를 이용해 최대한 의사소통을 해 보려고 했다. 혼자 사는지 아니면 와이프가 있는지 직접적으로 질문하는 것은 예의가 아니라는 생각이 들어 번역기의 도움을 받아 "아저씨의 가족이 내가 가는 것을 허락했나요?"라고 물어보았다. 아저씨의 가족들, 특히 아내가 나를 데리고 오라고 성화라고 한다. 그러면서 자신은 어린 딸과 아들이 있다는 말도 해 주는 아저씨. 일단, 한 가정의 아버지이면서 와이프가 내가 걱정이 되어서 집으로 데려오라고 했다는 것에 조금은 안심을 하고 아저씨를 따라나섰다.

　비가 부슬부슬 내리고 있는 어두운 밤. 길 곳곳에는 물웅덩이가 생겼고, 조심스럽게 웅덩이를 피해 가며 자전거를 타고 이동했다. 그렇게 집에 도착해 보니 아저씨는 아저씨의 형제인 형 가족과 함께 살고 있었고, 내가 도착하니 형네의 가족들과 아저씨의 와이프 그리고 아들과 딸이 나는 반겨 주었다. 여성인 내가 혼자 창고에서 자야 한다는 것을 안 아내가 적극적으로 나를 데리고 오라고 한 이유를 알 것만 같았다. 그리고 같은 날 아저씨 장모님도 방문하여 다들 나를 너무 반갑게 맞이해 주었다. 그 순간 의심을 하고 경계를 하던 마음이 순식간에 사라지고 그들의 따뜻한 마음을 보게 되었다.

도착한 뒤에 얼마 지나지 않아서 저녁을 대접받았는데, 나는 이미 한차례 창고에서 배가 부르게 저녁을 먹은 상태였지만, 차려 준 저녁을 아예 안 먹으면 섭섭해할 것 같아 저녁 먹은 사진을 보여 주었다. 그리고 "아저씨가 초대를 늦게 해 주셔서 이미 밥을 먹었어요"라고 면피의 한마디를 했다. 이 모든 것이 언어로 통한 것은 아니었다. 행동과 마음으로 서로의 의사 표시를 하였다. 다음 날 아침에 출발을 해야 하는데 밖에는 비가 내리고, 일기예보로 확인하니 적어도 일주일 동안은 비와 흐린 날씨의 연속이라고 한다. 그래서 기차를 타고 조지아로 가기로 결정을 하고, 그날 저녁 아저씨 형이 기차역까지 데려다 주었는데 자전거를 가지고 탈 수 없다고 한다. 아니, 그 지역에서는 불가능하다는 이야기를 들을 수가 있었다. 또다시 난감한 상황에 처하게 된 것이다. 내가 난감해하는 것을 본 형은 괜찮다면서 다시 집으로 가자고 하며 앞장서서 걸었다. 그렇게 면목이 없지만 아저씨 댁으로 다시 갔다. 외부인의 방문이 불편할 법도 할 텐

데, 오히려 다시 갔음에도 하루 동안 친해진 5살 막내아들을 비롯한 가족들이 반가워하며 껴안고, 인사를 해 준다.

다음 날 아침 아저씨는 아침밥까지 챙겨 주고 버스를 놓치지 않게 서둘러 채비를 하고는 버스가 다니는 길로 나와 함께 나섰다. 아저씨는 약 2시간 동안을 서 있으면서 이 길을 지나가는 모든 버스의 행선지를 확인해 주었다. 말은 통하지 않지만 정성이 느껴질 수밖에 없었다. 아저씨 덕분에 무사히 버스에 탑승. 집에서 출발하기 전에 아내분께서 챙겨 주신 사과와 석류는 버스에서 이동하는 동안 유일한 간식이 되었는데, 겉보기와는 다르게 너무나 달고 맛이 있었다.

버스에 탑승하면서 마지막으로 헤어질 때 아저씨와 인사를 나누었는데, 아주 세게 해 주었던 볼 뽀뽀도 잊지 못한다. 말은 통하지 않았지만 마음을 느낄 수 있었던 그때를…. 집에서 길을 나설 때 나는 그들과 함께 찍은 사진이라도 나중에 보내 주고 싶어 이메일을

물어봤지만 그게 뭔지 모르는 눈치였고, 주소도 명확하지 않아 연락을 할 수 있는 방법이 없다는 것에 아쉬운 마음이 유난히 크게 남은 만남이었다.

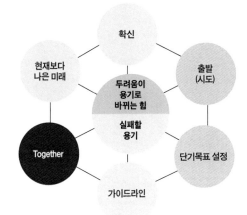

홀로 떠난 자전거 세계 여행. 그렇지만 혼자의 여행은 아니었다. 고비 고비마다 여러 사람들의 도움을 받았고, 동행을 하기도 하였다. 첫 출발지 중국, 처음이라 두려울 수밖에 없을 때 동행은 길에 대한 가이드와 처음이기에 할 수밖에 없을 시행착오를 줄일 수 있게 해 주었다. 인도와 네팔에서 엄마와 함께한 시간 또한 가족과 함께하는 즐거움을 주었다.

3,000m가 넘는 산을 넘어야 하는 중앙아시아 라이딩은 동행이 아니었더라면 시작조차 못 했을지도 모른다. 그리고 어려움에 닥칠 때마다 손을 내밀어 준 각국의 현지인들과 경찰들 또한 함께함이 무엇인지 알려 주었다.

동행, 가족, 우호적인 현지인 덕분에 두려움 속에서도 용기를 가질 수 있었다. 짧지 않은 기간 동안 무사히 여행을 마치게 된 것은 전적으로 함께함 덕분이다. 혼자 길을 나선다고 두려워할 필요는 없다. 어디든 요청하면 도와 줄 누군가가 당신 옆에 있을 것이다. 우리가 먼저 물어보지 않았기 때문에 내 주변에 도움의 손길이 많이 있다는 사실을 깨닫지 못하는 경우가 많다. 생각보다 많은 사람들은 다른 사람에게 도움을 줄 준비가 되어 있다. 그러니 용기를 가지고 세상을 향해 나아가 보자.

9. 유럽:

로망의 땅

분단의 아픔을 느끼다

/

11월 말. 겨울이 다가오는 시기에 코카서스 주의 조지아에서 비행기를 타고 독일 베를린에 도착했다. 공항에서 자리를 잡고 뚝딱뚝딱 자전거를 조립해서 웜샤워(자전거 커뮤니티) 호스트를 만나기로 한 시내로 달렸다. 그동안 여행을 하며 서서히 쌀쌀해지는 날씨를 경험했지만 베를린은 내가 생각한 것보다 추운 날씨였다. 찬바람을 맞으며 달리는 유럽의 거리. 자전거로 달리며 가장 놀란 것은 너무나 잘 정돈되어 있는 자전거 도로였다. 차와 함께 달릴 수 있도록 해 놓은 자전거 도로는 사랑스럽다는 표현을 쓸 수밖에 없을 정도이다. 그동안 여행을 하면서 자전거 도로가 전혀 없었던 곳을 다녔던 나였기에 이 자전거 도로는 신세계처럼 다가왔다.

베를린에서 만나게 되는 웜샤워 호스트는 8개월 동안 자전거로 미국과 캐나다를 여행했다는 부부. 이들과 4일 동안 함께 하면서 독일에 대한 정보도 듣고 유럽에서의 자전거 여행을 준비하면서 내가 필요한 부분에 도움을 많이 받았다. 이들에게 나는 첫 번째 웜샤워 게스트라고 한다.

유럽에 도착을 해서 12월을 맞이하고 있는 시점에서 날씨는 점점 추워지고, 이미 한국의 한겨울 날씨에 가까워지는 베를린이었다. 자전거 여행을 어떻게 할지 고민하다가 겨울을 휴식의 시간으로 갖기로 하고는 웜샤워 호스트의 집에서 약 4일 정도 머무른 뒤 베를린 외곽에 숙소를 구해서 3주간 지냈다. 그동안 여행을 하면서는 사람들의 관심의 눈빛을 한몸에 받았지만 유럽에 오니 주목받을 일이 없다. 시내 곳곳이 자전거로 이동하는 사람들의 편의에 맞게 되어 있고, 차도에 자전거 도로가 없다면 인도 바로 옆에 자전거 도로가 있을 정도인 도로상황. 언제 어디서든지 자전거를 즐길 수 있고, 출퇴근을 자전거로 하는 사람도 참 많다는 것을 직접 보고 느끼는 시간이었다.

독일에 꽤 오래 머무를 예정이라 한 달권 교통권과 심카드를 구입했다. 그리고 매일같이 베를린 여러 곳을 돌아다녔다. 자전거를 타고 살을 에는 추위를 감당하기는 힘들지만, 걸어다니며 둘러볼 여유 정도는 되었다. 내가 그랬듯이, 베를린에 있다고 하면 아마도 많은 사람들은 '베를린 장벽'을 떠올릴 것이다. '베를린이라면 당연히 베를린 장벽을 봐야지!'라고 생각했었다. 베를린을 동서로 갈랐던 장벽

은 총 155㎞. 이렇게 긴 장벽이 한 번에 뚫린 것은 아니었다고 한다. 그래서 베를린에 머물며 상징적인 몇 곳을 찾아봤다. 관광객이 잘 찾지 않지만 베를린 사람에게 역사적인 곳, 벨를리너역과 1989년 11월 9일에 베를린 장벽의 경계가 무너진 첫 번째 지점인 뵈제다리(Bösebrücke)를 방문했다. 냉전의 산물에 의해 동과 서로 나누어졌던 베를린이 하나로 뭉쳐지기 시작한 지점인 것이다. 그 주변에 사진뿐만 아니라 당시의 상황을 설명하는 내용들이 곳곳에 설치되어 있다.

당시의 상황을 그대로 담은 사진. 자세히 보면 희망이 가득 담긴 그들의 표정을 볼 수 있다. 모두 웃고 있는 표정이다. 세계 유일의 분단국가인 우리나라가 떠오르는 것은 자연스러운 일이다. 잠시였지만 역사의 현장이었던 곳에 직접 가 보았고, 그 해방감을 느낄 수 있었다. 우리도 언젠가 저들처럼 웃으며 분단의 다리를 건너는 날이 올 것이라 믿는다.

방문한 곳 중에 기억에 남는 분단의 아픔을 간직한 또 하나의 장소는 트레낸팔라스트(Traenenpalast)이다. 이곳은 동독과 서독으로 분단되어 있을 때 서독과 서베를린에 있는 지인이나 친척 등을 만나는 만남의 장소였다고 한다. 장벽으로 인해서 헤어져야만 했던 가족, 연인 등. 그래서 서로가 만나면 눈물바다를 이루었던 곳이어서 '눈물궁전'의 뜻을 가진 명칭을 가지게 되었다고 한다. 아직 분단의 아픔을 간직하고 있는 우리이기에 남의 나라 이야기로만 여겨지지는 않았다. 그래서 더욱 시각의 눈이 아닌 공감의 눈으로 바라볼 수밖에 없었다.

인생 최고로 재밌었던 크리스마스 파티

/

아직 겨울이 지나가기 전인 유럽은 생각보다 매우 추웠다. 베를린에서 한 달을 지낸 후 프랑스에서 유학생활을 하고 있는 동생을 만나러 비행기를 이용하여 리옹으로 향했다. 사실, 자전거 세계 여행을 시작하며 꿈꿔 오던 만남 중에 하나도 바로 이 순간이었다. 리옹에서 유학하는 동생과 리옹에서 만나 보는 것. 리옹 공항에 도착하여 기다리고 있을 동생 생각에 재빠르게 자전거를 조립하고, 동생이 사는 곳까지 약 25km를 달렸다. '투르 드 프랑스(Tour de France)'의 영향인지 공항에서부터 자전거 도로 표시가 있다. 투르 드 프랑스는 프랑스 일주를 뜻하는데 프랑스에서 매년 7월 3주 동안 열리는 세계적인 프로 도로 사이클 경기다. 그래서 그런지 프랑스도 독일 못지않게 자전거 길이 잘 되어 있다는 느낌을 받았다. 열심히 달려서 동생이 사는 집 앞에 도착을 하니, 나를 기다리고 있던 동생이 창가에서 나를 향해 "언니~!" 하고 소리친다. 2년 6개월 만의 여동생과의 재회. 오랜만에 만나도 어색하지 않은 가족이라는 이름에 걸맞게 반가운 마음을 가득 담아 길 한복판에서 얼싸안고 소리를 질렀다. 리옹은 마침 빛 축제 기간이었기 때문에 동생은 약 한 달 전부터 12월 초에는 꼭 리옹에 도착했으면 좋겠다는 의사를 전달했었다. 그래서 리옹에 도착해 세계에서 손꼽히는 빛 축제를 볼 기회도 가질 수가 있었다.

사실, 동생은 빛 축제를 보여 주기 위해서 나를 재촉했던 것도 있지만, 내가 도착하기 전부터 파리에 함께 가야 한다며 파리에서의 6일간의 계획을 세워 둔 상태였다. 2005년 유럽여행을 할 적에 파리를 여행해 본 경험이 있던 나는 계속되는 동생의 "파리에 가면 뭐 하고 싶어?"라는 질문에 "너랑 있는 것만으로 좋아"와 같은 닭살스러운 멘트를 날려 댔었다. 그런데 거짓말은 아니었다. 내 인생 처음 동생과 단 둘이 하는 여행이었다. 한국에 있을 때는 왜 그랬는지, 동생은 항상 바빴었다. 그리고 나이가 들어갈수록 동생과 더욱 끈끈해짐을 느끼는 요즘, 같이 여행을 간다고 하니 너무 좋았다. 게다가 오랜만에 마음속 깊은 이야기들을 털어 놓을 수 있는 사람과 함께하는 여행이라서 그런지 한결 마음이 편안했다. 그렇게 12월, 크리스마스가 있기 전 우리는 파리에 도착했다. 파리에서도 1년 넘게 생활을 했던 동생 덕분에 이번 여행은 '동생 지인 찬스'가 참으로 많았다.

리옹에서 파리까지의 버스 이동은 총 6시간이 걸렸는데, 이동 시간 동안의 허기를 동생 친구들이 채워 주었다. 프랑스에서는 구하기가 쉽지 않아 귀하다는 보쌈에 순대볶음을 준비하고 기다려 준 친구들 덕분에 마음이 따뜻한 식사를 할 수가 있었다. 긴 버스 이동을 마치고 저녁 8시가 넘어서 파리에 도착했지만, 동생의 친구들과 오랜만에 회포를 푸느라 우리는 새벽 4시경까지 이야기를 나눴다. 다음 날이 되어서는 느지막이 일어나서 동생의 또 다른 지인의 집으로 향했다. 우리가 도착을 했을 때는 코스 요리를 위해 한창 준비를 하고 있었다. 프랑스는 기본적으로 '전식, 본식, 후식'의 순서로

코스 요리가 나온다. 그렇기 때문에 음식이 따뜻하게 나오려면 손님이 도착하기 전에 기본재료만 손질을 하고, 손님이 도착을 하면 요리를 하면서 이야기도 하는 식으로 그렇게 긴 식사를 한다고 한다. 국적이 서로 다른 우리들은 식사를 하면서 한국어, 영어, 불어를 혼용하여 이야기를 나누었다. 우리가 만난 날은 크리스마스 이브였는데, 전식으로 샴페인에 굴, 샐러드가 준비되어 있었다. 본식은 한식으로 먹은 뒤, 후식으로 프랑스에서 크리스마스 때 먹는 '부쉬 드 노엘(Buche de Noel)'이라는 케이크를 먹었는데, 프랑스어로 '부쉬'가 '통나무'라는 뜻을 가지고 있기 때문에 통나무 모양의 케이크라고 보면 된다. '노엘'은 성탄절을 뜻하는 프랑스어이기 때문에, 결국 '부쉬 드 노엘'이라는 뜻은 직역해서 '크리스마스의 통나무'가 된다.

오랜만의 만남의 회포를 푸는 데 많은 시간이 걸렸는데, 사실 그 시간 동안에도 다 하지 못한 이야기가 남아 있을 정도였다. 점심때 만났는데, 저녁 7시가 다 되어 식사가 끝났다. 점심을 먹은 것인지, 저녁을 먹은 것인지 헷갈릴 정도로 오랜 시간 동안 식사와 대화를 끊임없이 했다.

그리고 같은 날, 또 다른 저녁 약속 장소로 이동했다. 아마도 다른 약속이 없었다면 점심식사의 약속은 저녁까지 이어져 더 오랜 시간 이야기를 나누었을 것이다. 저녁에 만나게 된 동생 친구들과는 광란의 파티가 예약되어 있었다. 동생이 몇 년 전 어학원을 다닐 당시 친해져서 지금까지도 자주 연락하는 친구들과의 모임이었다. 대부분 파리, 리옹에 있는 대학을 다니며 자신의 길을 걷는 친구들. 이제는 원하던 대학에서 그토록 꿈꿔 왔던 전공을 공부하느라 이렇게 다 같이 모이는 것도 매우 오랜만이라고 했다. 다양한 국적의 이 친구들은 각자 음식을 준비해서 다 같이 나누어 먹자고 사전에 약속했다고 한다. 일종의 포틀럭 파티(Potluck Party)였는데, 파티를 주최하는 주인은 장소와 술만 제공하고 참석자들이 각자 한 가지씩 음식을 준비해야 하는 파티를 의미하는 것이었다. 나와 동생은 가는 길에 마트에 들러 한국 음식을 할 만한 재료를 사 갔다. 브라질, 콜롬비아, 중국, 이태리, 이스라엘, 한국 사람이 모여서 하는 크리스마스 파티. 내 인생에 처음 해 보는 외국에서의 제대로 된 크리스마스 파티였는데, 여행 중에는 두 번째 맞이하는 크리스마스였다는 것을 감안하면 첫 번째와 비교했을 때 너무나 다른 분위기에서 맞이하고 있다는 것을 깨닫게 되었다. 첫 번째 크리스마스는 스리랑카에 있었는데, 크리스마스인지조차 모를 정도로 워낙 조용하게 지나갔다. 그런데 이렇게 풍성하고 다양한 음식과 각국의 이들과 함께 재미있고 멋진 시간을 보내고 있으니 더욱 뜻깊은 메리 크리스마스가 되었다는 생각이 들었다.

다른 문화를 직접 경험하고 함께한다는 것에는 큰 의미가 있었던 크리스마스 파티였다. 유럽의 많은 사람들이 가족들과 함께하는 시간을 보내기도 하지만, 타지에서 온 친구들 또한 외롭게 보내지 않고 그 시간을 함께 나누면서 보낸다는 것에 많은 의미가 담겨 있는 듯했다.

절친과 함께한 유럽 배낭여행

/

1월, 아직 추운 날씨는 가실 기미가 전혀 보이지 않는 시기였는데, 절친에게서 연락이 왔다. 내가 여행을 하는 동안에 꼭 한 번은 함께 여행을 할 생각을 했다는 친구였다. 어디를 여행하는 것이 좋을지 고민을 하다가 내가 유럽에 있다는 점과 비자 등의 상황을 고려해서 동유럽으로 여행을 하는 데 함께하기로 했다. 친구를 만나기로 한 곳은 크로아티아의 수도 자그레브였다. 프랑스 리옹에서 자그레브까지 어떻게 이동할지 알아보고 있는데 중앙아시아를 같이 달렸던 정균이가 이탈리아 베니스에 있다고 해서 자전거는 잠시 리옹에 있는 동생 집에 보관하기로 하고 이탈리아로 갔다. 정균이는 베니스에서 지낸 지 거의 한 달이 되어 가고 있었고, 그곳의 지리를 잘 알고 있는 덕분에 그의 안내를 따라 편하게 베니스를 즐길 수 있었다. 물의 도시 베니스와 형형색색의 건물과 유리공예로 유명한 부라노 섬을 둘러보았다. 그리고 그곳에서 크로아티아 자그레브행 버스를 탔다.

서유럽과는 다른 매력을 가진 동유럽의 크로아티아에서 친구를 만나기 전까지 일주일 정도의 시간이 있었다. 눈이 오고, 옷을 꽁꽁 싸매고 다닐 정도로 찬바람이 부는 시기여서 그런지 관광객은 많지 않았다. 오히려 관광객을 많이 볼 수 없기 때문에 크로아티아 사람들의 일상에 조금 더 다가간 느낌마저 들었다. 그렇게 친구를 기다

리는 일주일 동안 자그레브 시내를 둘러보며 친구를 어떻게 가이드
해 주면 좋을지 생각을 하며 다니니 혼자라도 신난 나들이였다. 새
벽시장인 돌락 시장, 한국 사람들에게 '타일지붕'으로 유명한 성 마
르카 교회, 자그레브의 중심 광장인 반 젤라치크(엘라치치) 광장 등
을 둘러보면서 13년 지기 절친과의 만남을 준비하였다.

드디어 경유시간을 포함해 19시간의 비행을 하고 날아온 친구를
만났다. 서로 바빠서 한 번도 같이 여행을 해 본 적이 없었는데 동
유럽에서 3주간 동행을 하게 되었다는 사실이 실감이 잘 나지 않았
다. 피곤할 법도 한 친구를 데리고 나에게는 그래도 조금 익숙해진
자그레브 곳곳의 길 안내를 했다. 내가 그랬던 것처럼 제일 먼저 찾
아간 곳은 자그레브 대성당이었다. 그리고 대성당을 나와 마르카 교
회를 찾아 걷고 있는데, 혼자 돌아다닐 때는 무심코 지나갔었던 넥
타이 집이 눈에 들어온다. 익숙한 거리라고 생각했는데, 혼자 다닐 때와
는 사뭇 다른 느낌이다. 여행을 하는 즐거움 중에 하나는 한 번도 가
보지 않았던 길을 가 보는 것과 계획하지 않았던 곳을 가보는 것일
거라고 항상 생각해 왔는데, 내가 누구와 있는지도 중요하다는 사
실을 새삼 깨닫게 되었다.

시내를 돌아다보니 트램과 버스가 보이는데 파랑색이다. 독일 베를린은 노랑색, 프랑스 파리는 빨강색. 각 도시의 추억은 색깔로도 기억된다. 그렇게 자그레브의 2박 3일간의 시간을 뒤로하고 작은 도시 자다르(Zadar)로 향했다.

자다르에서 인상 깊었던 것은 파도를 통해서 만들어지는 자연의 음악인 '바다 오르간'과 태양광을 모아 불을 밝히는 LED가 바닥에 설치된 집광판인 '해에게 건네는 인사'라는 작품이었다. 그렇게 크로아티아의 작은 소도시들을 다니며 옛 모습을 그대로 간직한 올드 시티(Old City)를 감상하며 길을 거닐고 평소에는 잘 보지 못했을 야경을 감상하는 것 차제만으로도 분위기 있는 여행을 할 수 있었다.

그저 편하게 이야기할 수 있는 친구가 옆에 있다는 것 자체만으로 마음에 위안이 되고, 새로운 장소와 새로운 음식들 앞에서도 긴장감보다는 편안한 마음이 든다는 것이 여행을 더욱 풍요롭게 만들어 주는 것 같았다. 그렇게 친구와는 스페인 바르셀로나까지 함께 여행을 마쳤다. 끝나지 않을 것만 같았던 유럽의 겨울도 서서히 따뜻한 햇살을 비추는 날씨로 바뀌어 가고 있었다.

산티아고 가는 길

/

한국에서 자전거 여행을 계획하면서 몇 국가나 지역은 꼭 가겠다고 생각했었는데, 그중에 한 곳이 산티아고 순례길이었다. 마음으로만 품어 왔던 곳을 이제 정말로 간다고 생각하니 감회가 새로웠다. 유럽에는 수십 개의 순례자의 길이 있다고 말을 할 정도로 대부분의 길은 순례자의 길로 통하게 되어 있는 것 같았다. 그중에서도 공식적으로 잘 알려진 길들이 있는데, 나는 프랑스 리옹을 출발해서 스페인 북부에 위치한 '은의 길'로 불리는 순례자의 길로 가는 여정을 택했다. 프랑스 툴루즈, 오슈, 바욘을 거쳐 은의 길 출발지인 스페인 이룬으로 향했다.

순례여권(크레덴셜)을 받기 위해 이룬에 있는 순례자의 숙소로 분류가 되어 있는 저렴한 숙소인 알베르게(Albergue)에 방문을 했는데, 운영시간이 아니었다. 하루 종일 쏟아지는 비를 맞으며 자전거를 타야 했는데, 이룬에서 조금 더 이동을 해 산세바스티안으로 갔다. 중간에 길도 잘못 들어서 고속도로로 진입했다가 경찰차가 쫓아와서 멈춰 세워 벌금을 낼 뻔한 웃지 못할 작은 사건도 있었다. 다행히 길을 잘못 들게 된 경위에 대해서 잘 이야기해서 한 번 더 걸리면 그때는 벌금을 내야 한다는 경고만 받는 수준에서 끝이 났다. 스페인뿐만 아니라 유럽에서 자전거 탈 때는 고속도로로 진입하지 않도록 각별한 주의가 필요하다. 한국처럼 고속도로에 톨게이트가 있는 것이 아니기 때문에 자칫 잘못하면 고속도로로 진입하게 되기 때문이다.

산세바스티에 도착한 다음 날 갑자기 시작된 여성의 생리적 변화로 인해서 이곳에서 하루를 더 머무르게 되었다. 한 달에 한 번씩 경험하는 생리적인 현상 때문도 있지만, 웜샤워 호스트와 약속을 잡아 놓았기에 산세바스티안에서 빌바오 구간은 버스를 타고 이동하였다. 그리고 그곳에서 약 3일 정도의 휴식을 취했다. 나는 이렇게 휴식을 취하게 될 때가 생기면 단순히 쉬는 것을 넘어서 그동안 밀린 작업들을 했다. 다음의 일정을 확인하기도 하고, 각 지역의 문화나 역사를 알아보기도 하며 영상을 편집하거나 블로그를 작성하는 것만으로도 시간이 모자란 경우가 다반사이다. 그리고 이렇게 쉬어야 할 때면 되도록 큰 도시에 편안한 숙소를 잡고 쉬거나 이번처럼 좋은 호스트를 만나 그들과 함께 시간을 보냈다.

이번에 휴식을 취하게 된 빌바오는 프랑스의 바스크 지역에 있으며, 공업도시로 부를 축적했던 지역이었다. 하지만, 환경파괴와 함께 1980년대 이후 경쟁력이 약화되었고 이로 인해 빌바오의 입지적인 위치를 활용했던 대단위 공업단지 위에 건설되었던 제철소와 조선소가 몰락의 길을 걷게 된다. 그 이후 시가 죽어 버려 회색도시라고 불리던 곳. 1991년 바스크 정부는 죽은 도시를 되살리기 위해 문화산업을 활용하기로 하고, 1억 달러를 투자하여 구겐하임 미술관을 유치하였다. 모든 면에서 파격적으로 지어진 미술관은 작품을 감상하러 가는 것에도 의미가 있지만, 건물 자체가 더욱 구경거리가 되었다. 덕분에 빌바오는 전 세계의 많은 사람들이 방문하는 도시가 되었다.

이렇게 산티아고 순례자의 길은 가는 곳곳 그곳의 특색이 확연히 드러나거나 잘 보존되어진 유적지 등을 보며 다니게 된다. 길 위에서 단순히 페달만을 굴리는 것이 아니라 각 나라의 다른 식생활이나 문화 등을 보고 들으면서 더 많은 것들을 자연스럽게 체득하게 되는 것이 이 여행의 또 다른 묘미이다.

서로 격려하며 걷는 길

/

3일간 쉬고 출발하려니 정말 너무나도 맑은 하늘이 눈앞에 펼쳐져 있었다.

그토록 달리고 싶었던 카미노 데 산티아고(Camino de Santiago: 산티아고로 향하는 길). 1천 년이 넘는 시간 동안 많은 사람들이 찾는 이유는 매우 다양하다. 이 길이 유명해진 이유는 바로 산티아고(최종 목적지인 산티아고 데 콤포스텔라)가 로마와 예루살렘과 더불어 3대 그리스도교 순례지이기 때문이다. 1189년에 교황 알렉산더 3세가 산티아고 데 콤포스텔라를 성지로 선포하면서 이 길을 걷는 사람들에게 죄를 없애 준다는 칙령을 발표하자 많은 사람들이 이 길을 걷기 시작했다고 한다. 이렇게 종교적인 의미를 가지고 있는 길이지만 요즘에는 자신을 찾기 위해, 이별의 아픔을 치유하기 위해, 새로운 인생을 위해서 등의 각자의 목적을 가지고 걷는 사람들이 많아졌다. 나는 종교적인 의미보다는 또 하나의 나와 맞서는 길로서 생각하고 자전거로 달리게 되었다. 순례자들의 70%가 선택하는 프랑스 길 대신에 지형이 험하지만 해변을 끼고 있어 멋진 경관을 볼 수 있다고 하는 북쪽 길을 선택하였다. 자주는 아니지만 순례자를 만나면 "부엔 카미노(Buen Camino: '좋은 여행이 되길', '당신의 앞길에 행운이'라는 의미)" 하고 외쳐 본다. 지형이 다소 험해 오르막과 내리막이 교차하지만 마음의 여유를 가지고 멋진 풍경과 함께하였다.

순례자의 길을 달리는 동안은 순례자들만의 숙소인 알베르게를 이용하였다. 알베르게는 공립과 사립으로 나누어져 있는데 두 곳의 차이라고 한다면 시설에서의 약간의 차이와, 공립으로 운영되는 곳이 조금 더 저렴하다는 가격 차이 정도다. 하지만 일반적으로 이용하는 여행자의 숙소와 비교를 하자면, 공립과 사립 모두 저렴한 금액에 이용이 가능하다는 장점이 있다. 그리고 가장 좋은 것은 다양한 순례자들을 만날 시간도 가질 수가 있다는 것이었다. 북쪽 순례자의 길인 은의 길은 험한 지형만큼 걷는 사람도 찾아보기가 쉽지 않았다. 나는 생각보다 많은 오르막에 평소보다 더 적은 거리를 잡고 달려야겠다고 생각했다. 천천히 간다고 해서 누가 잡아먹는 것도 아니니 내 속도를 찾아서 천천히 달려 본다.

조개 모양의 표지판이 나오면 새삼 기분이 좋아진다. 그토록 이루고자 했던 것을 하고 있다는 것에 대한 성취감이었을 것이다. 하루하루 도장을 받으며 달리는 것 또한 성취감의 일부였다. 그래서 매일매일이 힘들지만 즐거웠던 순례자의 길. 다양한 이유로 산티아고 가는 길을 알려 주는 이 표지판이 나는 좋다. 자전거로 순례자의 길을 달리다 보니 도보 순례자들이 숙소를 출발한 뒤 제일 마지막으로 알베르게(숙소)를 나섰던 나는 앞서 걷던 사람들을 보곤 한다. 모두가 다른 이야기를 가지고 있는 순례자들이지만, 그들의 뒷모습은 서로가 다를 게 없어 보였다. 어떤 이는 자신이 이전의 삶을 정리하고 새로운 삶을 맞이하고 싶어 가지고 있는 전자기기를 다 팔고 옷 몇 벌만 들고 이 길을 걷고 있다고 했다. 사연이 있고, 없고를 떠나서 같은 길을 힘들게 가고 있다는 것 때문일까? 이들을 서로 격려하며 길을 걷는다. 뒤에서 그들을 바라보니 나도 함께할 수 있는 동행이 있으면 좋겠다는 생각이 들었다. 동행이 있었으면 하는 마음이 드는 이유는, 이 길이 아무리 힘들어도 서로 격려하며 걷는다면 없던 힘도 생겨날 것이라는 사실을 잘 알고 있기 때문일 것이다. 마지막 종착지까지 가지 못하더라도 아마 자신이 그만둬야 한다고 생각한 지점보다 몇 발자국이라도 더 앞으로 가 있게 만들 그 응원의 한마디가 나에게 필요했는지도 모른다. 함께하며 경쟁이 아닌 격려를 통해 힘든 상황을 어떻게 헤쳐 나갈 수 있는지 길 위에서 배우게 되는 것이 인생을 살아가면서 얼마나 행복한 일인지 시간이 지나면 더욱 깨닫게 만들어 주는 것. 그것이 나에게는 순례자의 길이 주는 가장 큰 교훈이었다는 생각이 든다.

10,036㎞

/

　가는 중간중간 저 멀리 눈앞에 산이 나타난다. 산이 앞에 보이면 나오는 공식이 있다. '산이 보인다 = 앞으로 계속 오르막이 있을 예정이다' 그리고 그 공식은 정확하게 맞아떨어졌다. 하지만 오르막 뒤에는 대부분 신나는 내리막이 있다. 순례길은 대부분 오르막, 내리막의 산길이 계속해서 이어진다. 처음에는 내가 가야 하는 루트를 설정하고, 고도 사이트와 길의 힘듦을 알 수 있는 각종 정보를 통해서 일정을 확인했다. 그렇게 확인을 해 봤을 때, 정말 힘들다고 표시되어 있는 빨강색이 많은 길을 보면 지레 겁을 먹고는 했는데, 막상 달려 보면 생각보다 힘들지 않을 때도 있고, 오히려 덜 힘들다고 표시되어 있는 노랑색 구간이 빨강색 구간보다 더 힘이 들 때도 있었다. 이렇게 자전거로 여행을 하면서 배운 것 중 하나는 오르막이라고 해서 너무 힘들어할

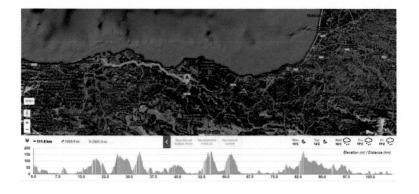

필요가 없고, 내리막이라고 해서 꼭 즐겁지는 않는다는 것이다. 오히려 그 순간을 받아들이게 되는 법을 배우게 된다. 열심히 달리다가 길한가운데서 안장의 볼트가 망가지기도 하고, 타이어 펑크가 나기도하는 등 늘 예상하지 못한 순간들이 기다리고 있었다. 하지만, 힘들다고 생각했던 구간들을 모두 달리다 보니 그렇게 못 달릴 만한 길은 아니라는 것을 더욱 절실히 깨닫게 된다.

한번은 웜샤워 호스트의 집으로 가는 길이 열 발자국에 한 번씩쉴 정도로 경사가 심했던 곳이었던 적이 있었다. 힘들게 오르고 올라 길의 끝에서 시원한 바람을 맞으며 서게 되었을 때를 생생히 기억한다. 그 길에서 10,000㎞를 통과했다. 원래 10,000㎞가 되었을때 사진과 영상을 만들고 싶었지만 길이 너무 험난해서 사진과 영상을 찍는 것을 모두 깜박하고 잊어버리는 바람에 10,036㎞ 지점을사진에 담을 수 있었다. 언제가 될지 알 수 없었던 10,000㎞의 지점이었는데, 산티아고 가는 길에 10,000㎞를 통과해서인지 뿌듯했다.

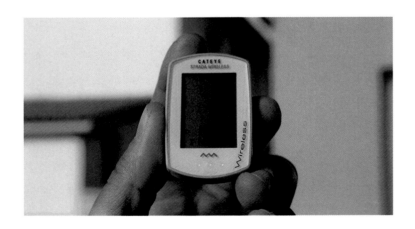

생각의 전환

/

유럽에서는 자전거 여행자 커뮤니티인 웜샤워 사이트를 이용해 현지인의 가정에서 지내는 경우가 많았다. 상대적으로 자전거 여행을 한 사람들이 많고, 그런 사람들이 또 다른 여행자들과 함께 시간을 보내는 것이 자연스럽다고 느껴질 정도였다. 그리고 그렇게 현지인의 삶 속에 나 또한 잠시나마 스며들어 하루이틀 함께하다 보면 그들만이 알고 있는 특별한 장소를 소개받거나 안내받아서 가 보게 되기도 한다.

스페인에서 만난 호스트는 내가 출발하려는 날 아침 일찍부터 내가 가기 전에 꼭 보여 주고 싶은 장소가 있다면서 아침식사를 마친 뒤에 나갈 채비를 하라고 했다. 오전 10시 전에 가야 볼 수 있는 곳

이기 때문에 서둘러 그를 따라 자전거를 타고 약 10분 정도 달려 도착한 곳에는 엄청나게 멋진 풍경이 자리하고 있었다. 하지만 이 풍경은 시작에 불과하다며 발걸음을 재촉하던 호스트. 그렇게 가 본 곳은 다름 아닌 절벽을 타고 내려가야지만 볼 수 있는, 물살로 인해서 만들어진 동굴이었다.

오전 10시가 지나면 만조가 차 오르기 때문에 서둘러 그만이 알고 있는 비밀의 장소로 찾아 들어갔다. 이미 10시가 조금 넘어가고 있어서인지 물이 조금씩 차오르고 있어 들어가는 입구에 성인 종아리 정도까지 물이 차올랐지만, 물을 피해서 발을 잘 디디면 내부로 진입할 수가 있었다.

동굴의 내부로 들어가서 보니, 물의 회오리 모양으로 깎여져 있는 천장 등의 내부 모습이 매우 경이로웠다. 자연이 만들어낸 장관이라는 말은 이럴 때 써야 하는 말 같았다. 시간이 많지 않기 때문에 빠르게 사진을 찍고 구경을 하다가 나오는데, 출입구 부분이 들어갈 때보다 물이 조금 더 들어차 있어서 물에 발이 빠지지 않으려면 한 발 한 발 조심스럽게 내디뎌야 하는 상황이었다. 호스트가 먼저 밖으로 나가고, 내가 뒤따라 나가는데, 그 순간 '첨벙' 하고 발이 물속으로 빠져 버렸다.

내 머릿속에는 '오늘 오후에 출발해야 하는데, 그때까지 이 신발이 안 마르겠지? 난감하네'라는 생각뿐이었다. 그런데 이런 나의 모습을 본 호스트는 내 생각을 읽어내기라도 했는지 별일 아니라는 듯 껄껄껄 웃으면서 "하하! 너는 지금 새로운 추억이 생긴 거야! 이제 다른 곳에서 발이 물에 빠지게 되는 상황이 생기면 지금 이 순간이 떠오르게 될 거야! 나와 함께한 이 시간을 추억하게 되는 거지. 멋지지 않아?" 하는 것이다.

생각의 전환. 단지 '문제'라고 생각했던 것을 '추억'이라는 것으로 바꾸어 버리니 그 순간 모든 것이 새로운 시각으로 보이게 된 것만 같았다. 그렇게 그의 이야기를 들으며 다음에 있을 추억의 순간을 상상해 보니 나의 입가에도 잔잔한 미소를 띠게 되었다. 짧은 찰나에 일어난 사건과 그 속에서 듣게 된 그의 말 한마디는 앞으로 생각하게 될 일들을 다른 방식으로 사고하는 것이 얼마나 중요한 것인지 깨닫게 해 주는 역할을 해 주었다.

You're my hero

/

북쪽 길은 "힘들다, 힘들다" 하면서도 "우와! 멋지다! 멋져!"를 연발하게 만드는 매우 매력적인 길임에 분명하다. 분명 방금 전까지 힘이 들어서 헉헉대며 있었는데 해안을 본 순간 힘들다는 느낌보다는 멋진 풍경에 매료되어 언제 힘이 들었냐는 듯이 페달을 굴리는데 조금 더 힘이 생긴다. 그리고 그 멋진 풍경이 가까워지면, 그 매력에 페달을 굴리는 것을 잠시 멈춰버리게 된다. 하루에 한 번은 보는 바다풍경이지만 장소에 따라서 다른 모습을 보여 주는 풍경이기에 항상 내 발목을 잡는다. 사람들이 순례자의 길 중에서도 가장 아름답다고 하는 이유는 바로 이런 풍경 때문일 것이다. 그런데 이런 풍경은 단지 달리기만 해서 보는 것이 아니다. 웜샤워나 알베르게 등에 묵게 되면 호스트나 현지인들이 그들이 알고 있는 멋진 장소를 추천해 준다. 그리고 그 장소 근처에 있는 맛있는 음식을 파는 곳을 함께 알려 준다. 가급적 그곳들을 방문하는데 후회하는 경우가 별로 없다. 정말 맛있는 커피와 아이스크림, 빼어난 경치를 만나게 된다.

하루는 달리던 길에 강을 건너는 약 1㎞의 긴 다리를 만났다. 도로는 고속도로이기 때문에 그 바로 옆에 있는 좁은 길을 이용하는 방법밖에 없었다. 좁은 이 다리의 도보길은 간신히 집중해서 자전거를 타면 지나갈 수 있지만 짐이 잔뜩 있는 내 자전거 하나가 겨우 지나갈 수 있을 정도로 매우 좁아서 불편하다. 다리를 지나려고 하는데 한 스페인 가족이 말을 건넸다.

"어느 나라 사람이야?"
"한국사람이에요."
"자전거로 한국에서부터 왔어?"
"와우! You're my hero!"

스페인에서 가끔씩 들었던 말이었는데, 그만큼 표현을 하는 데 있어서 거침이 없다는 것이 느껴진다. 그렇게 몬도네도(Mondonedo), 소브라도를 거쳐 이 길의 마지막인 산티아고 데 콤포스텔라에 도착했다. 도착해서는 바로 사무실을 찾아가 순례증서를 받으니 이제야 '또 하나를 끝냈구나' 하는 생각과 함께 '포기하지 않고 왔구나' 하는 생각 등 다양한 마음이 머릿속을 맴돌았다. 누군가는 이 길의 끝에 서면 큰 무엇인가를 얻을 것이라고 생각하지만…. 그렇지 않다는 것을 여러 번의 경험을 통해 알고 있었다. 다만, 이 경험이 추후에 인생에 큰 힘이 될 것이라고 믿는다. 아직 나에게는 더 남아 있는 여정이지만, 이 길의 마지막 순례길 여정. 그 끝에서 또 하나의 '해 내었다'를 되새길 수 있었던 것만으로도 좋았다.

이렇게 하나를 끝내고 나서 보니, 기회가 된다면 다른 길들도 가보고 싶다는 생각을 하게 되었다. 순례자의 길을 달리며 함께 걷는 이들이 끈끈한 우정을 다지는 모습도 보았고, 서로 끌어안으며 기뻐하는 모습 등 다양한 모습을 보게 되는 길이었다. 불과 하나의 길을 마쳤을 뿐인데, 다른 길을 가 보고 싶다고 생각하게 된 것은 아마도 이 길 위에는 다른 어떤 곳에서 만날 수 없는 수많은 이야기가 있기 때문이 아닐까? 그리고 그 길 위의 수많은 이야기에 나의 이야기를 더하고 싶어서일지도 모르겠다. 직업, 지위 등 모든 것을 떠나 순례 자라는 이름으로 하나가 될 수 있는 길 위에 다시 서 보고 싶다.

하루하루 새로운 시도

/

순례자의 길을 마치고 나서도 나만의 여정은 계속되었다. 순례자의 길을 달리는 동안은 하루하루 도장을 받으며 다니는 것 자체만으로도 즐거운 나만의 미션이었음을 순례증서를 받은 다음 날 바로 깨달았다.

내가 나만의 미션을 수행하는 동안 또 다른 여행자도 자신만의 미션을 하고 있는 것을 볼 때가 있었다. 많은 여행자들이 크고 작은 도전을 하는 것이 여행의 묘미이기도 하지만 이번에 내가 만난 청년은, 누구나 언제 어디서나 할 수 있을 법한 자신의 미션을 수행하고 다니고 있었다. 그건 다름 아닌 '하루에 한 번 이상 모르는 사람에게 말 걸기'. 이것이 그가 여행을 하면서 매일 시도하는 일이라고 했다.

매번 새로운 사람을 만나는 데 소극적인 자세로 임해 왔었다던 그는 이번 여행에서는 조금 부끄럽더라도 모르는 사람에게 대화를 시도하는 것 자체가 즐거운 일이 되더라는 말을 해 주었다.

그저 입 한 번 떼고 헬로우 하는 것 자체가 힘들었지만, 도전이라고 생각하고 그렇게 말을 걸다 보니 새로운 사람들과의 좋은 추억으로 여행을 채워 가고 있어 즐겁다는 그를 보니 작은 것을 시도하면서 오는 즐거움을 찾아 가는 모습이 행복해 보였다. 그는 이런 작은 시도를 더 많이 해야겠다고 이야기했다.

작은 도전들이 모여 나중에는 더 큰 도전을 할 수 있게 된다는 것은 많은 사람들이 알고 있는 것이다. 우리 주변에 아주 작은 것이라도 도전하는 사람이 있다면 응원받아 마땅하다. 그리고 그 응원은 아마 더 큰 도전과 더 큰 꿈을 만들어 내지 않을까?

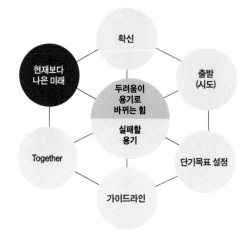

순례자의 길을 가다 보면 많은 사람을 만난다. 이 길을 걷는 것만으로 이 길의 끝에는 무언가 깨달음이 있을 것이라고 생각하는 경향이 있다. 그러나 대부분 순례자의 길을 마치고 나면 그 끝에 분명하고 확실한 변화는 없다는 것을 확인하게 될 확률이 더욱 크다. 힘든 도전 또는 새로운 도전의 끝에 서면 큰 무엇인가를 얻을 것이라고 생각하지만, 그렇지 않다는 것을 여러 번의 경험을 통해 알게 된다. 그래서 처음 하는 도전은 더욱 힘이 들고 그만큼 더 많이 기대를 하게 된다. 막상 그러한 성취 지점에 도달하더라도 당장에 큰 변화를 기대하지 못할 가능성이 높다. 그리고 그 끝에 서게 되었을 때는 실망도 그만큼 커져 있을 때가 많다. 하지만, 그렇게 하나둘 도전을 하면서 시간이 흘러 깨닫게 되는 것은 지금까지의 행적들을 통해서 더 나은 미래를 꿈꾸게 된다는 것이다.

순례자의 길을 마치고 바로 깨달음을 얻지 못하는 경우가 많다. 그렇다고 희망을 안고 순례자의 길을 걸었던 그 자체가 아무 의미가 없을까? 그렇지 않을 것이다. 시간이 지나고 경험이 쌓이게 되면 그 순례자의 길을 걸었던 그 당시에는 알지 못했지만 얻게 된 무언가가 나의 성장에 주춧돌이 되었음을 추후에 느끼는 경우가 더 많을 것이다. 현재보다 나은 미래를 위해 우리가 해야 할 것은 보다 열린 마음으로 즉각적인 보상이 없더라도 자신이 목표로 하는 크고 작은 길을 걸어보는 것에 있지 않을까?

IV

Wisdom
두려움과
함께한 용기

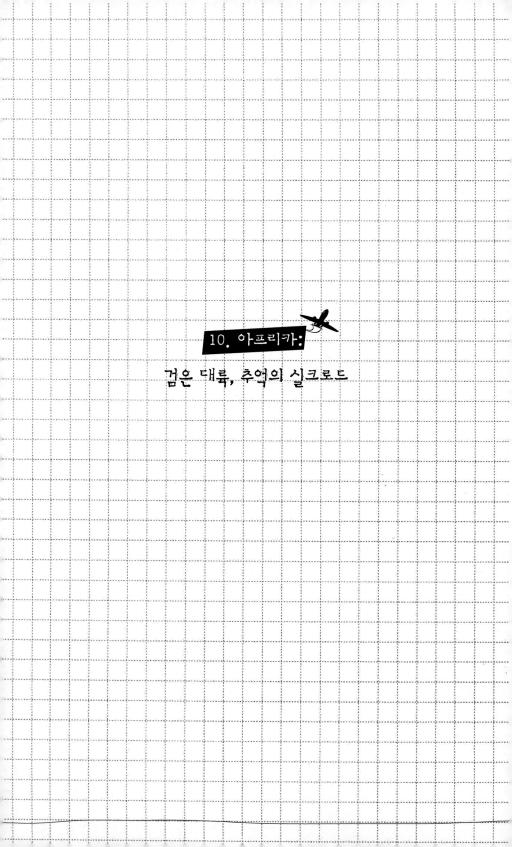

10. 아프리카:

검은 대륙, 추억의 실크로드

설렘, 두려움, 기대를 부르는 아프리카행 비행기

/

유럽 여행을 하며 다음 목적지에 대해서 가장 많이 고민했다. 그렇게 고민에 고민을 거듭한 끝에 결정한 목적지는 아프리카였고, 미리 비행기표를 구입한 뒤에 포르투갈까지의 여정을 마친 뒤 동아프리카 통합비자 신청을 위해 버스를 타고 스페인의 그라나다에서 수도인 마드리드로 향했다. 마드리드에 도착하니 아프리카행 비행기를 타기 5일 전. 동아프리카(케냐, 우간다, 르완다) 통합비자는 첫 방문국을 기준으로 신청을 해야 하기 때문에 케냐 대사관을 방문하여 비자 발급을 신청하였다. 비자 신청을 하기 전 사전에 비자를 발급해 주는 사무실에 연락해 필요한 서류를 빠짐없이 준비한 뒤에야 바로 비자 접수를 할 수가 있었다. 유럽에서의 남은 시간 5일 동안 마드리드에서 해야 하는 가장 중요한 업무인 비자 신청을 문제없이 마치고 나니 마음이 한결 가벼워졌다. 그러면서도 설렘이 생겼다. 두려움을 안고 해외봉사로 방문해서 1년간 머물렀던 케냐를 10년 만에 재방문한다는 사실이 주는 설렘이었다.

마드리드에서 할 일에는 아프리카행 비행기를 타기 위한 준비 외에 하나가 더 있었다. 전임 대통령의 탄핵으로 대통령 선거가 5월에 열리게 된 것이다. 여행을 하고 있지만 대한민국의 국민으로서 당연히 나에게 주어진 표를 행사해야겠다고 생각해 여행 중에 국외 부재자 투표를 등록해 놓았다. 여행 중 처음이자 마지막으로 대한민

국 대사관을 찾아가 본 것인데, 나도 국민으로서 투표에 참여했다. 이렇게 중요하게 생각한 일정들을 해결하고 나서야 마드리드가 눈에 들어오기 시작한다. 편안한 마음으로 마드리드 광장 등 이곳저곳을 구경하였다. 발급까지는 2~3일 정도 소요될 것이라는 말과 다르게, 다행히도 비자는 다음 날 발급되었고 웜샤워 호스트의 도움으로 자전거 여행자라면 비행기 이동 전에 구하지 못하면 골칫거리가 되기도 하는 자전거 박스 또한 쉽게 구할 수가 있었다. 필요한 품목들까지 구입을 하고 그렇게 떠날 준비를 마무리 하고 나니, 한결 여유를 가지고 마드리드의 시내를 돌아보지만 어쩔 수 없이 긴장되었다. 유럽 대륙을 벗어나 아프리카로 간다는 것이 현실이 아닌 것처럼 느껴졌기 때문이다. 스페인과 작별인사를 하고 두려움과 설렘, 그리고 기대를 안고 2017년 4월에 아프리카행 비행기에 몸을 실었다.

마드리드를 출발해 이집트를 경유하여 케냐에 도착하는 일정으로, 경유지에서 약 3시간의 기다림 후에 비행기를 갈아타고 케냐 현지 시간으로 새벽 4시경에 케냐 땅을 밟았다. 케냐에 도착해서는 만나기로 한 사람이 있는데, 몇 달 전부터 이집트를 시작으로 쭈욱 달리고 있는 인치훈이라는 자전거 여행자이다. 나보다 나이가 많은 치훈 오빠는 유럽을 시작으로 자전거 여행을 계속 하다가 아프리카로 넘어가 아프리카 종단을 목표로 달리고 있었다. 나와는 우연한 기회에 소셜미디어를 통해서 알게 되었고, 아프리카는 혼자 달리기에는 위험 부담이 크다는 생각이 있어 유럽에서부터 지속적으로 연락을 하고 있었다. 그렇게 케냐에서 만나게 된 우리. 너무 이른 도착이라 위험할 수도 있다고 생각해 공항에 픽업도 와 주었고, 아침으로 냉면도 만들어 주었다. 케냐에 도착한 다음 날은 혼자서 자전거를 타고 시내에서 약 20㎞ 정도 떨어진, 10년 전 2007년 당시 1년 동안 자원봉사를 하면서 생활했던 곳으로 향했다. 그 옛날 잔디에서 태권도를 가르치던 일, 강당에서 봉사단원들이 함께 공연을 준비하던 일 등이 새록새록 떠올랐다. 변한 것도 있고 변하지 않은 것도 있었지만, 그때의 추억은 그대로 간직하고 있는 듯했다. 매일같이 감탄하며 바라보았던 아름다운 하늘이 눈에 들어온다. 10년 전에도 이런 하늘을 볼 수 있어서 너무 좋았었다. 케냐에 간다고 결정했을 때 가장 먼저 떠올랐던 것은 손을 들면 하늘과 맞닿을 것만 같았던 풍경이었다. 그리고 왜 이제야 왔느냐며 인사를 건네듯이 내가 상상하고 그리워했던 그 풍경이 눈앞에 펼쳐져 있었다.

캠퍼스를 걷고 있는데, 기대하지 못했던 얼굴들이 하나둘 보이기 시작한다. 나를 알아봐 주는 사람이 있다는 것이 신기하다. 2007년 당시, 태권도 선생님으로 통하는 나였기 때문에 내 이름을 까먹은 케냐 현지인들이 지금도 나를 'Taekwondo Teacher'로 바로 기억해 주니 너무 고마웠다. 지금은 케냐에서 사업을 하거나 대학원을 다니는 함께 자원봉사를 했던 동료들도 만나고 '올칼라오'라는 지역에 가 있을 때 5주 동안 나를 보살펴 주었던 현지 목사님도 만났다. 내가 한국에서 일상으로 돌아가 생활하는 동안 잊고 있었던 추억들을 목사님은 신기할 정도로 아주 정확하게 기억하고 있었다. 그렇게 10년 만의 만남을 뒤로하고 아쉬운 마음을 담은 채 다시 숙소로 돌아갔다. 아프리카에서의 시작점에서 나는, 내가 생각했던 것보다 더한 설렘이 있었고 덜한 두려움이 존재한다는 것을 깨닫게 되었다.

10년 만에 듣는 나의 10년 전 모습

/

  짧은 만남을 뒤로하고, 숙소에 도착하니 10년 만의 만남에도 불구하고 나를 알아봐 주었던 사람들과 이야기를 더 하지 못하고 온 것이 계속 마음에 걸렸다. 그래서 치훈 오빠에게 양해를 구하고, 함께 방문을 해서 그간의 못다 한 이야기를 나눌 생각으로 하루 정도 더 있다가 오기로 했다. 다시 방문하니, 전날 보지 못했던 사람들도 만날 수 있었다. 모두 반갑게 알아봐 주었고, 이름은 기억하지 못하지만 서로 얼굴을 기억하고는 예상하지 못한 나의 방문에 격한 환영인사를 해 주었다. 한 번 오기도 힘든 곳인 아프리카인데, 자전거를 타고 왔다고 하니 그들은 믿기지 않는다는 표정으로 나를 보았다. 다시 만날 수 있을 것이라 생각하지 못했던 인연도 만났고, 식사 초대를 받기도 했다. 그리고 먼 길을 달려야 하는 나에게 라면과 김 등 먹을 것을 챙겨 주기도 했다.

  그렇게 여러 명의 친구들을 만났는데, 그중에서도 데릭이라는 친구는 나의 옛 모습과 지금이 전혀 다르다고 하면서, 10년 전에 나는 지금과 다르게 매우 소극적이고 항상 위축되어 있었다고 기억했다. 그의 표현을 빌리자면, 10년 전의 나는 말도 없고 항상 소극적이었지만 지금은 일반인으로 돌아왔다고 할 정도였다. 사실, 데릭뿐만 아니라 10년 전에 나를 알고 있던 케냐 사람들은 대부분 나를 '소극적인 사람'으로 기억하고 있었다. 덕분에 추억을 소환한 소중한 시

간이었다. 나의 변화를 나는 제대로 느끼지 못하는데, 그들의 눈을
통해서 나의 변화를 확인하는 순간이기도 했다.

　여러 사람들과 소통을 하다 보니, 우연한 기회에 케냐 방송(GBS)
에 출연하게 되었다. 치훈 오빠는 '토킹' 프로그램에 출연하고, 나는
토크쇼에 출연을 했다. 여행과 관련된 내용들과 자전거 여행을 하
게 된 계기 등을 이야기하는 색다른 경험이었다. 다시 만난 인연 중
에는 10년 전 자원봉사자들의 밥을 챙겨 주셨던 이모님도 있었는
데, 10년이 지난 지금도 변함없이 그 자리에서 자신의 일을 묵묵히
해 내고 계신 것을 볼 수가 있었다. 자원봉사를 할 때는 미숙한 점
이 많았는데, 당시 잔소리도 많이 들어서 미운 정이 들었다고 해도
과언이 아닐 정도. 그 반면에 챙겨 주실 때는 확실히 챙겨 주셨던
이모님. 너무 오랜 세월이 지났고, 그동안 많은 자원봉사자들이 거
쳐 갔을 것을 알기 때문에 나를 기억하지 못할 것이라 생각했는데,
보자마자 바로 "아이고! 그동안 한 번도 안 오더니 10년 만에 찾아
왔나?" 하셨다. 10년 전에도 그랬듯이 이번에도 뭐 하나라도 더 챙

겨 주시려고 하셨던 이모님. 챙겨 주신 컵라면, 커피믹스, 비타민은
그 뒤의 아프리카 여행에 큰 도움이 되었다. 이모님을 비롯한 많은
사람들 덕분에 따뜻한 마음을 안고 아프리카에서의 자전거 여행을
본격적으로 시작할 수 있었다.

추억의 장소를 지나며

/

2017년 5월 5일, 여행 2주년 되는 날, 케냐 나이로비를 출발해 달리기 시작했다. 케냐를 시작으로 우간다, 르완다, 탄자니아를 거치는 계획이다. 첫날은 케냐의 나록 방면으로 향하는 길을 달리기 시작했는데, 케냐 방송(GBS)에서 촬영을 위해서 반나절 정도 함께했다. 처음으로 방송 팀이 함께 하는 여정이어서 조금 긴장을 하기도 했지만, 자전거 여행을 하는 것에 크게 방해가 되지 않는 범위 내에서 촬영을 하고는 해가 지기 전에 나이로비로 돌아가야 한다면서 작별인사를 건넸다. 방송 팀과 헤어진 이후, 거의 하루 종일 오르막을 올라야 하는 길이었다. 끝날 것 같지 않던 오르막이었지만 여행을 처음 시작할 때처럼 오르막이 계속된다고 해서 스트레스를 받지는 않는다. 대신 자주 쉬어 주며 천천히 달린다. 열심히 달리다 보니 10년 전에 다른 지역으로 이동하던 중 지나갔던 곳을 달리게 되었다.

새삼 떠오르는 10년 전의 기억이었는데, 기억 속의 장소와 현재 모습에 변한 것이 거의 없다는 것에 더욱 놀란다. 그렇게 가는 길에 마주하는 풍경 중에 또 기억나는 장소가 눈앞에 나타났다. 약간의 변화는 있지만 한눈에 봐도 와 본 장소여서 신기했다. 10년이 지나고 같은 장소에 내가 서 있다는 것에 새삼 감회가 새로웠다. 그리고 힘들게 달린 오늘 하루를 보상받는 기분마저 들었다. 자전거 여행을 하면 그날 하루의 보상은 좋은 숙소를 잡거나 좋은 사람을 만나는 것에 있는 경우가 대부분이다. 케냐에서의 첫날은 이렇게 추억으로 인해 보상받는 느낌으로 마무리를 할 수 있다는 것에 기분이 좋았다.

케냐에서 여행을 하는 동안에는 마사이 부족의 도움으로 적당한 장소에 텐트를 치고 잠을 청할 때도 있었는데, 아침이 되니 근처의 아이들이 텐트 구경을 한다. 단지 구경을 하는 것은 넘어서서 안에 사람이 있는 것을 알았는지 똑똑 두드려 보기도 하고, 말을 걸어 보기도 한다. 그렇게 아프리카를 여행하는 동안에는 동네의 아이들은 우리를 보면 늘 따라왔다. 달리다 보니 오르막, 내리막이 너무 많아서 지치기도 빨리 지치게 된다. 아프리카 하면 평야를 생각하지만, 자전거로 달리다 보니 오르막과 내리막이 생각보다 너무 많다는 것을 깨닫게 된다. 다행히 고도가 높고 건조하기 때문에 그늘에만 들어가면 시원한 바람과 함께 휴식을 취할 수가 있고, 저녁이 되면 침낭에서 잠을 청해야 할 정도로 쌀쌀한 날씨를 선사한다. 또한, 아프리카는 건조하고 햇볕이 강하기 때문에 비가 오고 나면 선명하고 아름다운 무지개를 볼 가능성이 높다. 그래서 잠시라도 비가 오고 나면 저 멀리서 일곱 빛깔의 무지개를 선물하듯 보여 주기도 한다.

　케냐에서는 유독 추억을 떠올릴 만한 장소를 많이 지나게 되었는데, 사실 이런 장소에 대한 추억들은 당시의 상황이나 사람 등에 의해서 기억에 더욱 뚜렷하게 남아 있다는 것을 깨닫게 되었다. 단순히 장소의 문제가 아니라 그곳에서 무엇을 했고 어떤 사람들을 만나고 어떤 일들을 했는지에 따라서 특별한 장소가 아니더라도 그 장소가 소중하게 생각되는 것임을 케냐에서 깨닫게 된 것이다.

힘든 길을 선택한 이유

/

케냐에서 우간다로 향하는 길에는 여러 선택지가 존재했다. 오롯이 포장된 도로만을 통해서 달리며 큰 도심을 지나는 길을 달리는 것과 마사이마라 국립공원 근처를 달리며 동물을 볼 가능성을 높이는 대신에 비포장길을 선택하는 것이었다.

사실, 나는 마음속으로 포장도로를 선택해서 달리기를 바랐다. 아프리카라는 환경에서 자전거를 타는 것만으로도 힘에 부치는 일들이 많았고, 음식조차 입에 맞지 않아 겨우 수소문해서 구입한 한국 라면으로 인해 짐은 처음보다 더 늘어 있는 상태였기 때문이었다. 비포장을 달려야 한다는 것 자체가 주는 스트레스는 상당하다는 것을 스스로 알고 있지만, 동행이 있을 때는 함께 의견을 조율해야 한다. 치훈 오빠는 아프리카에 온 이유는 동물을 보기 위함이 아니냐면서 나를 설득했고, 이왕이면 동물들도 실컷 본다면 좋을 것 같다는 생각에 마사이마라 국립공원 근처를 달릴 수 있는 비포장길을 따라 달리기 시작했다.

비포장길에 들어서고 얼마 되지 않아, 비록 엉덩이뿐이었지만 얼룩말을 볼 수가 있었다. 그리고 하루가 지나 이틀째가 되면서부터는 독수리, 얼룩말 가족, 기린 등등 각종 동물들을 자전거를 타고 달리면서 볼 수 있는 경험을 했다. 평소와는 다른 색다른 경험은 힘들게만 생각되었던 비포장길도 흥미로운 동물들로 가득한 장면을 보면서 달리니, 한결 수월하게 느껴졌다. 굳이 힘든 길을 선택한 것에 대해서 후회하지 않고 즐길 수 있는 순간이기도 했다. 오히려 '잘 왔다'라는 생각을 하기도 했다. 평생을 살아가면서 이렇게 대자연을 오롯이 느끼며, 동물들을 볼 수 있는 순간이 얼마나 될까 하는 생각을 하니 이곳으로 나를 이끌어 준 치훈 오빠에게도 고마운 생각이 들었다.

힘든 길을 필연적으로 또는 선택에 의해서 자전거로 달리고 나면 늘 힘든 길을 마주한 그 순간들 덕분에 교훈을 얻을 때가 많았다. 함께함의 힘, 생각보다 어려운 것만은 아니었다는 가르침, 색다른 경험이 주는 즐거움 등. 그 많은 교훈들 덕분에 그다음에 마주하게 되는 어려움이나 선택 앞에서 조금은 더 과감한 행동을 하게 되었기 때문이다. 자전거로 대자연 속으로 들어가 본 케냐에서의 경험은 분명 또 다른 선택 앞에서 망설임을 줄여 주는 역할을 할 것이라 생각한다.

치열한 삶의 한 장면

/

　국립공원 근처를 달리는 김에 자전거를 타면서 보지 못한 동물들을 더 볼 생각으로 하루는 국립공원 투어를 했다. 결론적으로 자전거를 타면서 볼 수 있었던 동물들만큼 흥미로운 것은 없었다는 것이 아쉬웠지만, 아쉬운 마음을 뒤로하고 다음 날 아침 일찍 출발했다. 시작부터 오르막길이어서 자전거에서 내려 힘겹게 자전거를 밀며 한 걸음씩 올라갔다. 조금 달리다보니 얼룩말이 보이는 장소가 있어서 점심으로 라면을 먹기로 하고 한쪽에 자전거를 세웠다. 소박한 식사이지만 멋진 풍경을 반찬 삼아 식사를 마무리했다.

달리던 길에 슈퍼가 있어서 잠시 휴식을 취하며 음료를 사 먹지만 냉장고가 없다 보니 따뜻하다. '캬' 소리가 나올 정도의 시원한 음료가 간절해진다. 길은 여전히 거칠지만 조금만 더 달리면 포장도로가 나올 것이라는 희망과 함께 달려 본다. 그러나 포장도로는 쉽게 그 모습을 보여 주지 않는다. 그렇게 뙤약볕 아래에서 한참을 달리다 해가 지기 전에야 포장도로를 만날 수 있었다.

이제는 아프리카에서 제일 넓고, 세계에서 두 번째로 넓은 담수호인 빅토리아 호수가 있는 키수무로 향한다. 케냐, 우간다, 탄자니아를 끼고 있는 빅토리아 호수는 물고기를 제공하고, 주변에 사는 사람들과 들판 등에 물을 주는 중요한 역할을 하는 호수이다. 그런 빅토리아 호수에 도착을 해서 호수를 바라보고 있으니, 바다에 온 것 같은 착각을 일으킬 정도였다. 잠시 동안의 감상을 뒤로하고 다시 발길을 재촉해 달리는데, 도로 위에서 파인애플을 파는 사람들이 그 길을 지나가던 차가 잠시 정차라도 할 때면 우르르 달려가서 파인애플을 팔기 시작하는 광경이 눈에 띄었다. 그들의 모습을 보면서 2007년에 차를 타고 이동을 하면서 보았던 장면이 떠올랐다. 그때는 어렸기 때문이었는지 이들이 너무 무섭게만 느껴졌었는데, 지금 보니 이들도 자신들의 생계를 위해 열심히 노력하고 있다는 것을 느낄 수가 있었다. 하지만 그때는 그들을 이해하지 못했던 것 같다. 마음속에 있는 편견이 조금씩 없어지고 그들을 바라보게 되니 그들의 뒷모습을 통해서 그들이 짊어지고 있을 삶의 무게가 느껴졌다. 어느 누구의 것도 가벼워 보이지 않았다.

마음의 안정을 가져다준 인연들

/

열심히 달리다 보니 얼마 전에 펑크가 났던 뒷바퀴에 또 다시 펑크가 났다. 길 위에서 급하게 수리를 마치고, 달려서 간 곳은 아주 작은 호수가 있는 켄두베이였다. 이곳은 치훈 오빠가 미리 잠잘 곳을 물색해서 알아놓은 장소였는데, 치훈 오빠에게 캠핑할 곳의 일 순위는 '풍경'이기 때문에 텐트를 쳤을 때 탁 트여 있는 아름다운 전망이 있는 켄두베이는 그에 딱 맞는 캠핑 장소였다. 나는 오빠와는 다르게 그냥 내 한 몸 누워서 편하게 잘 수 있으면 장소에 크게 구애받지 않는다.

켄두베이는 아주 작은 호수였기 때문에 들어가는 길이 따로 있는 것이 아니었다. 그래서 근처 주민의 도움으로 힘들게 호수를 찾아 들어갔는데, 그 수고로움을 보상해 준 것은 다름 아닌 아름다운 일몰이었다. 문제는 우리가 텐트를 친 장소가 마을 주민들이 물을 길어 나르는 길목이라는 것이었는데, 더 큰 문제는 우리가 텐트를 치고 저녁식사를 준비하는 동안 술 취한 아저씨가 우리 텐트 앞을 떠날 생각 없이 지켜보고 있었던 것이다. 치훈 오빠가 나는 텐트에서 나오지 못하게 하고는 이 사람을 겨우 집으로 돌려보냈다. 아마 혼자 있었다면 텐트 안에 들어가서 어떻게 해결해야 할지 고민을 많이 했을 것이다. 이런저런 이유로 혼자보다는 함께가 좋은 아프리카 자전거 여행이다.

　아침에 텐트를 정리하고 있는데 뭔가 평화로운 느낌이다. 잔잔한 호수 위로 새들이 목가적으로 날아가는 장면이 눈에 들어온다. 왜 좋은 풍경을 찾아다니면서 텐트를 치는지 알 것 같다. 스스로 조금 더 불편한 상황을 스스로 만들고 대신 그 과정 속에 있는 아름다운 풍경과 사람에 감동하는 것이 자전거 여행의 묘미이다.

　케냐에서 세 번째로 큰 도시는 키수무인데, 그래서 그런지 키수무에 거의 다다랐을 때가 되니 도로의 폭이 넓어지고 이륜차와 함께 자전거가 달릴 수 있는 길도 볼 수가 있었다. 그리고 반가운 KFC가 있는 곳이 바로 키수무이다. 가는 길이 공사 중이라 교통이 매우 혼잡했지만, 정말 오랜만에 제대로 된 패스트푸드를 먹을 수 있다는 기대감에 도착한 KFC. 현지식을 먹느라 힘들었던 우리는 한국과 큰 가격차가 없는 금액이지만 세트 메뉴를 주문해서 숨도 안 쉬고 먹었다. 키수무에서는 케냐 나이로비에서 인연이 있던 현지 교회 목사님을 찾아뵈었다. 오늘 하루 편하게 지낼 수 있는 공간이 있는, 아는 지인이 있다는 것에서 오는 마음의 안정은 그 지역에 도착을 할 때까지 상상 이상의 든든함을 선사한다. KFC에서 든든하게 배를 채우고는 약속된 장소로 찾아가니, 편하게 쉴 수 있도록 호텔을 잡아 주었다. 그렇게 2박을 하면서 고장난 자전거도 수리하고, 깨끗하게 세척도 했다. 그렇게 케냐에서는 가는 곳곳에 있는 10년 전 인연들의 도움을 받으면서 다녔다. 가는 곳마다 나를 반겨 주는 이가 있고, 잠잘 곳을 고민하지 않아도 된다는 것 자체에서 오는 편안함은 나에게 큰 안정감을 가져다주었다.

I'm sorry

/

2017년 5월 17일. 케냐에서 우간다로 넘어갔다. 국경 하나 넘었을 뿐인데, 분위기가 다른 느낌이다. 그러나 길 위에서의 일상은 별다를 것이 없다. 달리고 달려서 우간다 진자에 도착했다. 진자는 래프팅으로 유명한 코스가 있는 곳이어서, 이곳에서 유명한 래프팅을 경험하였다. 생애 첫 래프팅이었는데, 아침과 점심 식사까지 제공받으면서 할 수 있는 래프팅 코스여서 하루 종일 너무 즐겁게 놀았다. 아프리카에서 자전거를 타는 동안 그 누구의 눈치도 보지 않고 오롯이 편안하게 푹 쉬어본 적이 없어서 하루는 래프팅을 즐기고 하루는 푹 쉬면서 진자에서 2박을 했다.

잘 놀았고 잘 쉬었으니 우간다의 수도 캄팔라를 향해서 출발이다. 그런데 캄팔라에 도착하기 약 15㎞ 전부터 갑자기 차가 엄청나게 막히기 시작했다. 우간다의 수도인 캄팔라는 세계적으로도 엄청난 교통체증으로도 유명하다는 것을 나중에 알게 되었다. 케냐에 비해서 상대적으로 좁은 도로로 인해 자전거를 타는 것도 쉽지 않았던 우간다였는데, 차까지 막히기 시작하니 사고의 위험성이 높아짐을 감지하고 있었다. 최대한 차에 방해되지 않으면서도 안전하게 자전거를 타기 위해서 이륜차가 통행하는 사이드 길로 진입을 시도했다. 그러던 중에 앞에 거대한 트럭이 있어, 사이드 길로 진입하는 나와 우리나라의 봉고차 크기로 아프리카에서는 미니버스로 많이 사용되는 마타투가 접촉사고를 내 버렸다. 이륜차 구간으로 진입하려는 마타투와 부딪히게 된 것이었는데, 문제는 그다음이었다. 마타투의 과실인 상황인데 운전자는 단 한마디의 미안하다는 말도 하지 않은 채 도주를 시도하였다. 미안하다는 말 한마디였으면 일이 조금 더 수월하게 끝날 수 있었지만 운전자의 괘씸한 행동에 화가 났다. 게다가 주변에 있는 우간다 사람들이 운전자의 편을 들기 시작하면서 더욱 화가 치밀어 올랐다. 운전자와 한참을 실랑이하였고 결국 경찰을 불러야 하는 상황에 이르렀다. 그 와중에 운전자가 다시 한 번 더 차를 몰고 도주하는 상황이 발생했으나 차가 엄청나게 막히는 상황이었기 때문에 자전거로 달려서 찾아낼 수가 있었다. 운전자를 경찰관 앞에 세우고 3자 대면을 하며 경찰에게 상황을 설명하니 운전자는 그제야 "I'm sorry"라며 나에게 다가온다. 상황은 이미 너무 많이 와 버렸다. 이제는 미안하다는 그 친구의 말을 진심으로 받아들일 수 없었다. 아프리카는 공권력의 힘이 무척이나 센 곳으로 알고 있었다. 미안하다는 운전사의 마음을 모르는 바는 아니지만 잘못을 정확히 인지시켜 주기 위해 경찰서에 가서 조서를 작성하게 되었다. 그런 과정에 운전자는 갑자기 내 앞에서 무릎을 꿇었다. 그러고는 "I'm sorry"라고 한다. 우간다는 여성의 인권이 떨어지는 나라이다. 아직도 시골을 돌아다니다 보면 여성이 남성에게 인사를 할 때 무릎을 꿇거나 반 무릎을 꿇고 인사를 하는 것을 볼 수가 있다. 이러한 문화를 가지고 있는 나라의 남성이 내 앞에서 무릎을 꿇었다. 매우 절실하다는 것을 느낄 수가 있었다. 병원에 가서 검사를 받을 것이냐고 물어보는 경찰에게 교통사고 후 24시간이 지나 봐야지 내 몸이 아픈지 알 수 있다고 하루의 시간을 달라고 했다. 조서 작성을 마친 후 경찰관은 나에게 내일 꼭 연락달라고 하고는 일을 마무리했다. 아직 완전하게 해결된 것이 아니었지만, 상황이 일단락 되었기에 미리 연락이 되어 있는 웜샤워 호스트 집으로 향했다.

　다행히 다음 날 나의 몸은 아프지 않았고 자전거는 약간의 수리 가 필요한 상태라는 것을 확인할 수가 있었다. 내가 연락을 하기도 전에 연락이 온 경찰관에게 "그 친구를 용서해 줘. 내가 외국인이라 서가 아니라, 내국인이든 외국인이든 사고가 나면 도망치려고 하면 안 되 고 상대의 안부를 물어보고 사고 처리를 먼저 해야 하고, 이건 매우 중요한 거야"라는 말을 꼭 전해 달라고 했다. 여행 중 처음 있는 사고였지만 다행히 잘 마무리되었다.

How are you?

/

우간다와 르완다의 국경 도시인 카발레를 향해 다시 길 위에 올랐다. 산악 지형이라 그런지 오르막이 너무 많다. 달리고 있는데 갑자기 뒤에서 "How are you?" 하는 소리가 들린다. 뒤를 돌아보니 자전거 여행자가 있는 것이 아닌가. 그는 하루에 약 200㎞씩 달리는 일본 자전거 여행자 '유키'였다. 1년째 여행 중이며, 앞으로 약 3년은 여행을 지속할 것이라고 한다. 짐이 단출하기에 더욱 속력을 내서 달릴 수 있었던 유키. 카메라, 액션캠, 달러가 들어가 있는 핸들바백을 나이로비 호텔에서 도난을 당했다고 한다. 그는 이제까지 함께 라이딩을 해 본 적이 없다며 괜찮으면 함께 라이딩해도 되겠느냐고 물어서 흔쾌히 같이 자전거를 타기로 했다. 여행자 한 명이 합류했을 뿐인데 힘이 난다. 그냥 같이 달릴 뿐인데 든든하다. 유키는 일년에 약 5,000달러(약 550만 원) 정도의 여행자금으로 여행을 할 정도로 매우 절약을 하면서 다니는 여행자였다. 보통 이렇게 저렴하게 여행을 하는 여행자와 동행을 하게 되면, 함께하는 나와 치훈 오빠도 최대한 절약을 하는 데 동참을 한다. 그래야지만 함께 동행을 하는 데 불편함이 없기 때문이다. 덕분에 싼 길거리 음식을 주식으로 먹게 되었다. 숙박은 늘 그래 왔듯이 텐트를 쳐서 해결했고, 비가 와서 잠 잘 곳을 찾을 수가 없을 때는 공사가 진행 중인 주택에 도움을 요청해서 아직 공사가 마무리되지 않았지만 비를 피할 수 있다

는 장점을 가진 방에서 자기도 했다. 유키는 여행을 하면서 만난 친구들 중에서 유난히도 조금 더 솔직하고, 거침없이 말을 하는 편이었는데 오히려 바로바로 자신의 의견을 이야기해 주니 오해하거나 눈치 볼 일이 없이 의견을 조율할 수가 있었다.

　그렇게 나, 치훈 오빠, 유키는 르완다의 국경을 넘을 때까지 함께 달렸다. 르완다에 진입하니 풍경 자체가 확 바뀌었다. 구획이 잘 나누어져 있는 차 밭의 풍경도 생소하게 느껴진다. 그동안 케냐, 우간다에서 보지 못한 마을 공동체로서 협력해서 일하는 모습이 자주 포착된다. 다 비슷할 것만 같았던 아프리카에서 조금씩 다른 그들의 문화나 풍경을 보는 재미가 한창이었다. 그렇게 달리다가 한번은 경사가 심한 내리막을 끼고 있는 학교 근처를 지나가게 되었다. 늘 그렇듯 아이들이 나의 자전거 옆을 바짝 쫓아왔다. 내리막 길이기 때

문에 속도가 붙어서 달리는 와중에 나의 자전거에 있는 짐의 일부
를 내 앞에 가던 자전거를 탄 아이들이 잡았다. 놀란 나머지 브레이
크를 잡았는데 나의 짐 일부를 잡았던 아이들이 자신들이 탄 자전
거에서 튕겨져 나갔고 동시에 내 자전거의 짐도 떨어져 나갔다. 순
간 화가 치밀어 올랐다. 자전거 여행자를 보고 따라서 달리는 아이
들을 거의 일상으로 만나는 곳이 아프리카이다. 그들은 항상 "Can
you give me my money?"라고 물어왔다. Your money가 아닌 My
money. "Give me dollar", "Give me your bottle" 등의 말을 하곤
하는데, 이번에도 다르지 않았고 사고까지 이어졌다. 다행히 아이들
은 찰과상 정도라 큰 사고로 이어지지 않았다. 혹시라도 아이들이
크게 다쳤거나 내가 다쳤을 생각을 하니 다리가 후들거리고, 심장박
동도 빨라졌다. 이미 우간다에서 한차례 작은 사고로 경찰서에 방문

한 적이 있기 때문에 앞으로는 경찰서에 갈 일이 없었으면 좋겠다고 생각하고 있어서 식은땀이 흘렀다. 아이들이 더 이상 따라오지 않는 곳까지 이동을 한 뒤에 잠시 자전거를 세워 놓고 휴식을 취했다. 진정되지 않은 마음을 추스를 시간이 필요했다.

마음을 잘 추스르고 달려서 르완다 수도 근처에서 텐트를 치고 1박을 한 뒤에 아침 일찍 르완다 수도인 키갈리로 들어갔다. 키갈리의 숙소는 매우 비쌌기 때문에 몇 군데 알아보고 비교적 저렴하다고 생각되는 적당한 곳을 잡았다. 유키는 2박을 하려는 우리와 다르게 1박만 하고 바로 이동을 하고 싶다며 더 싼 숙소를 알아보겠다고 하곤 우리와 헤어졌다.

언덕이 워낙 많아 '천 개의 언덕'이라는 별명을 가진 르완다의 수도 키갈리는 많이 발달한 도시였다. 100만의 학살의 역사를 가지고 있는 곳. 하지만 그 역사를 숨기지 않고 아이들에게 왜곡 없이 전달해야만 훗날 같은 실수를 반복하지 않는다는 마음으로 교육을 하고 있다고 한다. 2014년 유엔이 선정한 '부패 없는 아프리카'로 꼽히기도 했다는 르완다. 이런 요소들이 르완다의 경제성장률을 높이는 데 기여한 것으로 보인다. 저녁을 먹기 위해 돌아다니다가 대형쇼핑몰에서 우연히 유키와 재회를 했다. 헤어짐은 늘 아쉽지만, 패스트푸드점에서 마지막으로 함께 식사를 한 후에 정말로 유키와 작별인사를 했다. 나와 치훈 오빠는 하루 더 수도인 키갈리에 머물며 영화 〈호텔 르완다〉의 배경이 되었던 밀콜린스 호텔에서 커피를 한잔 하고 '대장금'이라는 한식당에서 배가 터져 버릴 정도로 식사를 했다. 아프리카에서 한식당을 찾았다는 것 자체에 쾌재를 부르며 바로 고민 없이 가서 식사를 했는데, 자전거 여행자임을 아시고는 사장님이 김치도 따로 포장을 해 주셨다. 그렇게 한국의 정을 다시금 느끼며, 다음 날 탄자니아를 향해 출발을 준비하였다. 탄자니아로 가는 길도 만만치 않겠다는 생각으로 달렸던 아프리카. '천 개의 언덕'이라는 별명을 가진 나라답게 오르막 뒤에 또 오르막이었던 르완다. 아주 잠깐의 내리막을 타고는 다시 오르막의 향연 속에서 꿋꿋하게 달린다. 그렇게 달리다 보면 저녁이 되고, 자고 일어나면 다시 달리는 일상. 달리면 달릴수록 특별할 것이 없는 일상이 연속되는 느낌이 든다.

아프리카의 문제점은 뭘까?

/

르완다 출국 심사를 하는데 갑자기 직원이 질문을 한다. "너 생각에 아프리카의 문제점이 뭐라고 생각해?" 아직 내 여권은 직원의 손에 쥐어져 있었고, 출국 도장이 찍히기 전이었다. '의도가 있는 질문일까?'라고 속으로 생각했다. "아마도 교육?" 그랬더니 직원은 커다란 두 눈으로 나를 똑바로 쳐다보며, "가난이 아니고?"라고 되묻는다. "나는 한국 사람이야. 그거 알아? 한국은 아프리카보다 더 가난했던 나라야. 하지만 지금 봐봐. 얼마나 성장했는지. 나는 이걸 보고 가난이 문제라고 말하지 않는 거야." 나의 답변을 들은 직원은 나에게 악수를 청했다. 정답이란 없을 수도 있다. 상황에 따라 변하기 마련이다. 내가 경험한 아프리카 사람들은 확실히 본능적으로 행동하는 사람들이 많았다. 반면에 한국은 교육 수준이 높기 때문에 본능이 있지만 그것이 예의에 어긋난다고 생각되면 하면 안 된다는 사실과 그것을 참는 방법을 배웠기 때문에 성장할 수 있었던 게 아닌가 하는 가설을 세워 본다. 직원의 질문 덕분에 나 또한 생각할 수 있는 시간을 가질 수가 있었다.

탄자니아에 도착을 해서 눈앞에 보이는 것은 끝이 보이지 않는 오르막이었다. 식사도 제대로 못하고 달린 탓에 더 이상 앞으로 걸어나갈 힘조차 내기가 힘든 상황에 다다랐다. 자전거를 끌고 올라가는 길에 잠시 고개를 들어 보니 해가 지고 있었는데, 노랗게 물든 하늘은 너무나 아름다운 장면이었다.

　계속 일몰을 감상하면 좋겠지만 잠잘 곳을 찾는 것이 급하다. 자연의 아름다움과 일상은 따로따로 움직인다. 다행인 것은 탄자니아는 초원이 제법 많아 텐트를 칠 장소를 찾는 것은 다른 나라보다 쉽다는 것이었다. 몇 번의 오르막과 내리막을 지났는지 셀 수 없을 만큼 많은 오르막과 내리막 탓에 지쳐 가고 있던 하루, 내리막을 내려가려고 하는데 멀지 않은 곳에서 오르막을 오르고 있는 자전거 여행자가 보인다. 아프리카 대륙에서 그것도 한국 국적의 자전거 여행자를 길 위에서 만났다는 것 자체가 믿어지지 않았다. 그는 8년 자전거 여행의 내공을 가진 사람이었는데, 여행 중 '커피 감별사' 자격증을 취득하고 중남미에서 커피농장에서 일도 했다고 한다. 아프리카가 여행의 마지막 대륙이라는 그를 만난 덕분에 맛있는 커피 한 잔을 얻어 마시고 오랫동안 수다를 나누었다. 같이 달린다면 좋겠지만, 아쉽게도 정반대의 길을 달려야 하는지라 서로 지나온 길에 대한 정보를 나눈 뒤 헤어졌다.

커피를 마시느라 지체한 탓에 점심 식사를 해야 할 시간이 되어, 가는 길에 겨우 발견한 식당에서 콜라를 주문하는데 "따뜻한 콜라? 차가운 콜라?"라고 묻는다. '어, 뭐지? 이 신선한 질문은?'이라고 생각했다. 우리나라라면 '얼음 넣어드릴까요?'라고 묻는 게 일반적인데, 아프리카에서 이런 질문을 받는 게 이상하게 느껴졌다. 대부분이 전기가 없는 곳이라 미지근한 콜라를 주는 것인 줄 알았는데, 그게 아니었다. "당연히 차가운 콜라지"라고 말을 했다. 잠깐의 휴식을 취하고 달리다가 저녁이 되면 늘 그렇듯이 잠잘 곳을 찾는데, 그럴 때면 언제나 위치를 중요하게 여기는 치훈 오빠는 이번에도 오르막을 오르더라도 좋은 풍경이 있는 곳을 찾는다. 힘들게 올라오기는 했지만 그래도 그만큼 보람이 있다고 느꼈던 곳.

최대한 인적이 드문 곳을 찾아서 텐트를 친다. 치훈 오빠는 "사람이 무서운 거예요. 동물은 안 무서워요"라고 종종 이야기하곤 했는데, 아프리카에서 여행을 하다 보면 이 말에 더욱 깊이 공감을 하게 된다. 본능은 사람의 순간적인 판단을 흐리게 한다. 그래서 더욱 무섭다.

이만하면 되었다

/

확실히 사람이 별로 없는 곳에 텐트를 치면 불청객이 없기 때문에 상쾌한 아침을 맞이할 수가 있다. 그렇게 상쾌한 기분으로 하루를 시작하고 페달을 구른다. 그런데 갑자기 울퉁불퉁한 비포장길이 눈앞에 나타나면 스트레스를 받기 시작한다. 그런데 상상을 뛰어넘는 길이 눈앞에 펼쳐졌다. 오르막과 함께 모래사장과 같은 모래가 잔뜩 깔려 있는 길이 눈앞에 있다. 차가 한 번 지나가면 엄청난 모래안개를 만들어 버린다. 모래안개는 옷의 작은 구멍을 통해 몸 속까지 들어오고 작은 몸의 움직임만으로도 모래 알갱이들을 느낄 수 있는 정도가 되었다. 힘겹게 겨우 빠져 나온 모랫길 덕분에 정신력은 물론, 체력의 한계마저 느낀다.

현재 부딪히고 있는 여러 가지 상황들 속에서 화가 났다. 그동안 겪어 온 것들, 그리고 앞으로 겪을 것들에 대한 생각들로 극심한 스트레스에 시달리고 있었다. 고민이 되었다. 우간다를 달리면서도 했던 고민들이었다. 하지만 끝까지 해 보자는 심정으로 버티고 있었는데, 이제는 '이만하면 되었다'라는 생각이 든다. 돈도 거의 다 떨어져 가는 상황이었고, 여행을 하며 한국을 이렇게나 그리워해 본 적도 처음이었다. 모래를 옴팡 뒤집어썼으니 씻어야 하기에 숙소를 잡았다. 그리고 나는 그동안 고민해 왔던 나의 마음의 결정을 내렸다. '이만하기로'. 함께 달렸던 치훈 오빠에게는 미안한 일이었다. 하지만 작별인사를 고했다.

급하게 근처의 식당에서 탄자니아의 수도로 가는 버스를 알아보았고, 새벽에 버스를 기다려 아침에 출발하였다. 버스는 저녁 10시까지 달렸다가 정류장에서 쉬고(탄자니아는 야간에 버스 등의 차량 운행이 금지되어 있다) 다음 날 새벽 6시에 다시 출발하여 오후 3시경 탄자니아의 수도 다르살람에 도착할 예정이었다. 달리는 동안 제대로 된 식당에서 휴식을 취한 것은 단 한 번. 밥도 먹지 않고 버스를 운행하는 것이 놀라운 따름이다. 중간중간 휴식 또는 화장실 용무 때문에 차가 정차하는데, 한밤중이 되어 정차한 곳은 아무것도 없는 평야. 개방 야외 화장실이라며 볼일을 보고 다시 버스에 탑승하면 된다고 한다. 하하. "Are you serious?"라고 물어도 웃으며 "Yes" 하는 버스기사. 급한 볼일만 빠르게 해결하고 버스에 올라탔다.

그렇게 1박 2일간의 버스 이동을 하고 다르살람에 도착했다. 다행히 다르살람에서 사역을 하고 계시는 10년 전 자원봉사를 하며 알게 된 목사님과 연락이 되었고, 걱정하지 말고 와서 쉬라는 말을 해 주셨다. 도착을 하기 전에 연락을 해서 상황을 설명드리니 내가 도착하는 시간에 맞춰서 픽업 차량을 보내 주셨고, 덕분에 안전하게 교회에 도착할 수가 있었다. 그렇게 안전하게 교회에 도착을 해서는 샤워를 하고 목사님의 요청으로 아프리카 친구들에게 바로 강연을 하는 시간을 가지기도 했다. 10분 정도 준비를 하고 진행해서 다소 정돈되지 못했지만 아이들은 열심히 잘 들어 주었고, 마지막에 질문도 해 주었다. 몸과 마음이 많이 지쳐 있었지만, 목사님의 배려 덕분에 마음이 한결 편해짐을 느낀다. 그동안 힘들었던 마음도 안정을 찾아가고, '이대로라면 자전거를 더 탈 수도 있겠는데?' 하는 희망도 생긴다. 하지만 통장 잔고는 바닥을 보이고 있는 상황. 그리고 아직은 여행을 다시 즐길 마음의 여유가 없었다. 다음을 기약해 보기로 하고 다르살람 시내를 구경했다. 식당에서 음식을 먹고 피쉬마켓도 구경하고 자전거 박스로 할 만한 박스도 구했다. 한국으로 돌아가는 티켓도 바로 구입을 했다. 이만하면 되었다는 마음이 들었고, 더 이상 시간을 끌기보다는 힘든 마음을 추스를 수 있는 고국으로 돌아가고만 싶었다.

안녕, 아프리카

/

10년 전의 인연 덕분에 아프리카에서 많은 도움을 받았다. 마지막 떠나는 순간까지 챙겨 주시던 목사님과 사모님 덕택에 아프리카에 대한 힘든 마음을 내려놓고 '언제가 다시 와 봐야겠다'는 생각을 하게 되었다. 오히려 아쉬운 마음이 들었다. 지금은 한국에 돌아가고 싶다는 마음이 크지만, 다음에 다시 방문할 수 있는 것은 아닐까 하는 희망이 생긴다.

2017년 6월 19일. 탄자니아 다르살람을 출발해 에티오피아의 아디스아바바와 홍콩에서 경유하는 비행 경로. 출국심사까지 무사히 마치고 나니 이제 정말 한국으로 간다는 것이 실감이 났다. 야간비행, 비행기에서 해가 지는 장면을 보는 멋진 경험은 보너스. 한글이 적힌 티를 입은 승객을 보니 반가움이 든다. 홍콩에서는 비행기에서 내리지 않고 1시간 정도 기다리면서 재정비만 하고 바로 출발을 한다.

한글이 적힌 인천국제공항에 도착하는 순간 뭉클한 마음이 올라왔다. 그저 '한국에 오신 걸 환영합니다'라는 문구 하나만 보았는데도 순간 울컥하는 감정이 차오른다. 그간 도착할 때마다 받아 오던 입국심사대의 질문도 오늘만큼은 받지 않아도 된다. 비행기에서 내린 사람들이 분주히 움직인다. 나는 조금 여유 있게 걷는다. 자전거는 대형화물로 기다려야 할 것이기 때문에 급할 필요가 없다. 역시 나의 예상대로 자전거는 다른 짐들이 다 빠진 뒤에야 대형화물이 나오는 곳을 통해 나왔다. 그렇게 공항 밖으로 나와 점보택시를 타고 집으로 향한다.

한 시간 정도 달려서 드디어 집 도착. 버선발로 뛰어나와 나를 맞이해 주는 식구가 있는 곳. 그렇게 집에 도착해서 짐을 한곳에 두고는 한동안 짐을 이 상태로 방치했다. 바로 그다음날이라도 다시 출발할 것처럼. 짐을 정리하면 여행의 여운이 다 없어져 버릴 것만 같았다.

이번 자전거로 떠난 세계 여행은 관점에 따라 다르게 보일 것이다. 실패의 관점으로 본다면 나는 무수한 실패를 하였다. 자전거 여행임에도 타 교통수단을 많이 이용하였다. 어쩔 수 없는 경우도 있었지만, 자전거를 탈 수 있었

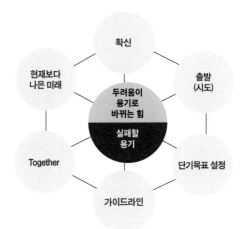

음에도 히치하이킹이나 버스, 기차 등 다른 수단을 이용하기도 하였다.

이번 여행의 마지막인 아프리카에서 '이만하면 됐다'는 생각에 험로에서 자전거로 달리는 것을 중단하고 버스를 이용하여 종착지 도시 다르살람으로 이동하였다.

그러나 나는 이런 일들을 실패라고 생각하지 않는다. 그건 도전하는 다른 방식을 선택한 것이었다. 이번 여행에서 자전거가 중요한 여행 도구이지만 자전거가 이번 여행의 목적이 아님은 분명하다. 여행을 하면서 인생을 살면서 어쩌면 우리는 무수한 실패라고 보이는 것들을 할 수 있다. 어떤 사람들은 그런 일들을 '실패'라고 명명하는 것을 주저하지 않는다. 그러나 실패라는 것은 없다. 그건 하나의 도전일 뿐인 것이다. 도전의 다양한 방식인 것이다. 남들이 실패라고 하는 말에 흔들리지 말자. 우리에게 필요한 것은 실패라고 오해받고 있는 새로운 도전에 대한 용기이다.

11. 대한민국:

새롭게 보이는 우리 땅

나쁜 사람이 된다면 어떻게 할 것인가?

/

　스페인 마드리드에서 대통령 선거를 위한 국외 부재자 투표를 하게
된 것은 여행을 통해 만난 이들의 영향이 컸다. 개인적으로 정치에 관
심이 큰 편이 아니므로 국내에 있을 때도 투표를 했지만 꼭 참여해야
한다는 소신은 없었다. 여행 중에 국내에서는 촛불집회들이 열리고
대통령이 탄핵이 되는 과정에 있었다. 하루하루 여행을 꾸려 가기에
도 벅찼기 때문에 국내 소식에 제대로 관심을 기울이지 못했다.

　국내 소식은 오히려 다른 나라 여행자들에게서 들었다. 각국 여행
자들이 모인 숙소에 가면 자연스럽게 각국에 대해 이야기 나누는
데, 내가 한국에서 왔다니까, 지금 진행되는 대규모 시민집회와 대
통령 탄핵 등에 대해 어떻게 생각하는지 묻곤 했다. 나는 국내 상황
에 대해 자세히 알지 못했기 때문에 잘 설명해 주지 못했다. 하지만
이런 상황들에 하나둘 마주하게 되면서 국내 정치 현실을 들여다보
는 계기가 되었다.

　중앙아시아를 여행할 때 키르기스스탄에서 호주 형제 여행자를
만난 적이 있다. 당시, 그들 나라에서 선거가 있다고 했다. 그래서
선거를 할 수 있는 곳으로 어떻게 시간에 맞춰갈 수 있을지 서로 이
야기 나누면서 고민하고 있었다. 선거를 할 수 있는 곳이 이란의 수
도, 테헤란이었던 것 같은데, 그곳에 기차를 타고 갈지, 비행기를 타
고 갈지 등에 대해 알아보고 있었다. 국내에 있는 것도 아니고 여행

중이라 선거를 하려면 상당한 불편을 감수해야 하는데 선거를 하려는 그들이 잘 이해가 가지 않았다. 그래서 이런 나의 의견에 대해 이야기했다. 그랬더니 그들은 단호하게 이렇게 말했다. 내가 투표하지 않아 나쁜 사람이 당선되면 어떻게 할 거냐고. 그들의 생각과 행동은 투표에 대해, 민주주의에 대해 생각하는 계기가 되었다.

이 사건을 계기로 인터넷을 통해 관련 기사와 동영상 등을 보았고, 국외 부재자 사전투표도 신청하였다. 그 절차가 의외로 간단하였다. 여행에서 만난 이들에게 영향을 받아, 선거에 대해 다시 생각하게 되었다. 이런 것이 바탕이 되어 먼 타국 땅, 스페인 마드리드에서 투표에 참가하게 된 것이다.

스페인을 여행할 때 그곳 젊은이들이 우리나라에서 전직 대통령이 탄핵을 당하고 새로운 대통령을 뽑은 것을 매우 부러워했다. 자기 나라에서는 일종의 간선제로 직접 대통령을 뽑을 수도 없고 대통령을 물러나게 할 수 있는 절차도 없거니와 거의 불가능에 가깝다고 하면서, 우리나라에서 일어난 일에 대해 높이 평가했다. 그러니 우리나라, 우리 국민에 자부심이 생길 수밖에. 여행하면서 대한민국의 국민임이 자랑스러울 때가 많다. 무비자로 입국할 수 있는 나라의 수가 세계 최고의 수준인 것은 여행자로서 큰 축복이다.

여행을 통해서 플라톤(Platon, B.C. 427~347년)이 정치에 대해 했던 말이 새롭게 다가왔다.

"정치를 외면한 가장 큰 대가는 가장 저질스러운 인간들에게 지배당하는 것이다."

세월의 흐름으로 포착된 슬픔

/

사람들은 말한다. 젊은 시절의 여행에서 더 많은 것을 느낀다고. 젊은 사람들이 나이 든 사람들보다 여행을 훨씬 역동적이고 넓게 여행한다는 뜻일 것이다. 그러나 젊다고 많이 느끼고, 나이가 들었다고 해서 더 적게 느끼는 것은 아닌 것 같다.

엄마와 함께한 인도여행. 바라나시에서 화장(火葬)을 볼 수 있는 곳이 있어 하루를 빼서 방문하였다. 화장터에서는 여러 개의 장작더미를 볼 수가 있었는데, 한 장작더미 옆에 이제 막 화장을 시작하는 장면을 볼 수가 있었다. 한 가족의 가장이 돌아가신 것 같았다. 인도에서는 상주, 대부분 장자(첫째 아들)가 머리카락 전체를 깎는다고 한다. 그래서 누가 장자인지 한눈에 알 수 있었다. 엄마와 나는 화장터에서 조금 떨어진 장소로 가서 화장의 과정을 담담하게 보고 있었다. 그런데 엄마는 우리 근처에 있는 한 청년을 주목하였다. 그 청년의 눈빛에서 슬픔이 느껴진다고 했다. 한 외국인이 화장을 하는 장면을 사진을 찍으려고 하니, 그 청년은 외국인에게 달려가 찍지 말라고 화를 내었다. 어떻게 된 상황인지 지켜보니, 그 청년은 죽은 이의 둘째 아들이라는 것을 알게 되었다. 그 이후 나 또한 둘째 아들을 주목하게 되었다. 그의 시선으로 장례 절차를 보니 이제까지의 광경과는 전혀 다르게 보였다. 슬픈 감정이 느껴졌고 삶의 무상함에 대한 생각이 들었다.

엄마는 인도에 도착하고 처음에는 적응하지 못해서 긴장을 했다. 그러나 시간이 지날수록 여행에서 내가 보지 못하는 점들을 깊이 있게 포착했다. 엄마는 영어를 잘하지 못하므로 현지인들이나 외국인들과 대화를 제대로 할 수 없었다. 그럼에도 이곳 살아가는 사람들의 모습을 세심하게 보고, 그들과 공감하는 듯했다.

어릴 때, 젊을 때, 어느 정도 경험과 연륜이 쌓였을 때 여행에서 보고 느끼는 것이 다르다는 것은 분명하다. 세계 여행을 하면서 젊은 사람들이 여행하는 모습을 많이 보게 된다. 하지만 나이가 꽤 드신 분들이 자기의 스타일을 유지하면서 활기차진 않지만 잔잔하게 여행하는 모습을 보곤 한다. 그럴 때면 약간의 경외감마저 느끼기도 한다.

여행에 있어서 적절한 나이와 시간이라는 것은 없는 것 같다. 각자의 경험과 관점에 따라 그 모습과 의미가 다를 뿐이다.

밟구가세

12. 다시 페달을 내딛는다:

부산에서 평양을 거쳐 희망봉까지

자전거를 타고 세상 속으로 들어가 보자

/

여행을 할 때 다양한 이동수단이 있다. 두 다리, 차, 비행기, 오토바이, 요트. 자전거도 그중에 하나의 수단일 뿐이다. 그럼에도 자전거로 여행하는 것은 다른 이동수단을 이용하는 것에 비해 강점과 장점이 많다. 한 번쯤 짧은 기간이라도 자전거 여행을 해 보면 어떨까?

자전거 여행의 장점 중 하나는 교통비가 거의 들지 않는다는 것이다. 여행 경비의 대부분은 교통비와 숙박비다. 도보여행과 달리 텐트와 코펠 같은 장비도 가져갈 수 있으므로 국내의 경우 무전여행도 가능하다. 지금 해외여행의 경우 배나 비행기를 탈 수밖에 없기 때문에 출발과 도착의 교통비는 필요하다. 그러나 최근에 불고 있는 남북 화해 분위기가 계속된다면 육로로 가는 길이 열릴 수도 있다. 그러면 교통비는 크게 줄어들 것이다.

두 번째는 적절한 이동 속도이다. 속도로만 따지면 자동차, 기차, 비행기가 훨씬 유리하다. 그러나 여행의 목적이 신속한 이동에 있는 것은 아니다. 빠른 속도로 주마간산식 여행을 하다 보면 놓치는 것이 많을 수 있다. 그런 반면에 자전거는 이동 속도를 조절할 수 있고 도보가 가진 속도의 제약을 극복하며 자동차가 가진 접근 가능성의 한계를 넘어설 수 있다.

세 번째는 유연한 여행이 가능한 것이다. 보고 느끼고자 하는 곳으로 이동과 접근이 쉽고 다른 교통수단과 달리 시간과 장소의 제약을 덜 받아 자유로운 여행이 가능하다. 마음에 드는 곳이 있고 텐트가 있다면 숙소의 예약 같은 것을 신경 쓰지 않고 원하는 만큼 머물수 있다. 필요에 따라서는 비행기, 기차, 버스 등 다른 교통수단을 이용할 수 있다. 물론 추가 비용이나 약간의 수고로움이 필요할 수 있지만 자전거가 주는 이점을 생각하면 충분히 감당할 만하다.

네 번째는 그 지역에 사는 사람들과 가깝게 접촉할 수 있다. 대부분의 여행이 주요 지역의 관광명소를 둘러보고 맛있는 음식을 먹는 것에 한정될 수 있는 반면에, 자전거 여행은 그 지역에 있는 사람들의 생활 속에 들어갈 수 있다. 도시 주변의 한적한 곳이나 그곳에 사는 사람들이 애용하는 시장에도 가 보며 살아가는 현장을 제대로 확인할 수 있다.

자전거 여행이 편한 것만은 아니다. 타이어 펑크 등 자전거에 문제가 발생했을 때 어려움에 처할 수 있고 안전에 대해 스스로 유의하지 않으면 안 된다. 이러한 몇 가지 문제점이 있지만 자전거 여행이 가지는 이점이 훨씬 많다. 한 번쯤은 시간을 가지고 자전거를 이용해 교외로 1박 2일의 여행을 나가 보는 것부터 시작하면 어떨까?

멋진 신세계를 향하여

/

　우리나라는 물리적으로 분명히 유라시아 대륙과 연결되어 있다. 그렇지만 오랫동안 사실상 섬나라와 같이 살아왔다. 외국으로 갈 때 중국이나 일본을 제외하고는 비행기를 택하는 방법밖에 없는 것을 당연하게 여기고 있다. 섬나라는 위기관리 측면에서 외국인들이 자기 땅을 밟는 것에 경계심을 가지고 있다. 섬나라이기 때문에 위험요소가 들어오면 타격이 크기 때문에 이민족이나 여행자를 받아들이는 데 대륙 국가들보다 엄격하다. 영국, 일본, 호주 등 섬나라들의 입국심사가 까다로운 것은 여행을 많이 해 본 사람들은 경험한 사항일 것이다.

　우리나라는 대륙에 연결되어 있는 국가임에도 점점 섬나라를 닮아간다는 것이 그리 바람직한 일은 아니지만 어쩔 수 없는 일로 여기고 있었다. 그러나 최근 남북평화의 물결이 다시 일어나고 있다. 예전과는 다르게 그 평화가 정착되고 서로 자유스럽게 오고갈 수 있는 가능성이 높아지고 있다.

　그렇게 된다면 여러 영역에서 많은 변화가 예상된다. 여행, 그중에서도 세계 여행 등 다른 나라의 여행도 그 패러다임이 변할 가능성이 높다. 비행기를 타지 않고도 지하철을 타고 연계된 기차역에서 나라 밖으로 빠져나갈 수 있는 것이다. 자전거 여행은 더 큰 변화가 예상된다. 이제까지는 해외 자전거 여행을 하려면 자전거를 패킹하여 공항까지 간 후에 비행기에 짐으로 싣고, 다시 해외에 도착하여 자전거를 다시 조립해야 했다.

여행, 특히 자전거 여행에 있어서 가장 에너지가 많이 드는 과정은 출발이다. 지금은 그 출발에 상당한 장애물이 있는 것이다. 번거로움과 초기 비용을 꽤 많이 감수해야 한다는 것이다. 만약에 북한을 통해 유라시아 대륙으로 가는 길이 열린다면 지금보다는 많은 사람들이 보다 자유롭게 세계 여행에 도전할 것이다.

이런 변화는 단순히 여행의 방식만 바꾸는 데 머물지 않을 것이다. 그동안 섬나라가 되어 우리도 모르는 사이 폐쇄적이고 다양성을 인정하지 않는 문화가 형성되어 온 것 같다. 그러나 철길과 도로가 대륙으로 향한다면 그 편협함의 울타리를 벗어나 세상을 보다 다양하게 인식하고 세계를 폭넓은 인식에서 바라볼 수 있게 될 것이다.

바야흐로 부산에서 평양을 거쳐 남아프리카의 최남단 희망봉까지 자전거로 여행하는 길이 열리게 되는 것이다. 언젠가는 그런 시절이 꼭 오겠지만 가급적 빨리 오면 좋겠다. 그때가 되면 다시 페달을 힘차게 밟을 용기가 자연스럽게 생길 것 같다.

끝마치며: 오르막은 반드시 끝난다

　자전거 세계 여행을 하면서 가장 힘든 것 중에 하나가 오르막을 달리는 것이다. 무거운 짐을 실은 자전거와 함께 경사가 가파른 오르막을 오르는 것은 어려운 일이었다.

　어떤 때는 도저히 올라갈 수가 없어서 자전거에서 내려 자전거를 끌고 올라가야만 했는데, 그것 또한 만만치 않게 힘든 일이었다. 이럴 때 히치하이킹으로 현지인의 도움을 받아서 오르막을 넘기도 했다.

　산이 가까이 보인다는 것은 분명히 앞으로 오르막이 있다는 것을 의미한다. 또한 그 산이 높다면 오르막 역시 가파르다는 것이다. 동시에 우리가 넘어야 할 대상이 가까이 있음을 포함하기도 하는 것이다.

　나는 자전거와 함께 세계 여행을 떠났고 수많은 오르막을 올랐다. 나의 여정은 오르막과 내리막 사이에 있었다. 두려움 속에서 페달을 밟아 자전거의 휠을 돌림으로서 여행은 시작되었다. 두려움을 안고 서쪽으로 나아감으로써 여행은 한 단계 전진하였다. 두려움을 친구로 유라시아 대륙의 중심부를 넘어갈 수 있었다. 아프리카의 대륙에서 10년의 인연들을 만나 예전의 두려움에서 벗어난 나의 모습을 확인할 수 있었다.

　두려움은 때때로 나를 주저하게 했지만, 페달을 밟을 용기를 내게 한 원동력이었다. 숨이 차오르게 하는 오르막과 한 발도 내딛기 어려운 진흙길이 두려움을 일으키게 했다면, 여정을 함께한 사람들, 응원하고 지원해 주었던 현지인들, 그리고 기꺼이 숙소와 먹거리를 나누어 주었던 분들로 용기를 낼 수 있었다. 고마울 따름이다.

두려움은 제거하는 것이 아니라 관리하는 법을 배우는 것이라는 말이 있다. 언제나 항상 함께하는 것이지만 어떻게 관리를 하느냐에 따라서 달라진다. 그리고 오르막은 반드시 끝나게 마련이다. 힘든 오르막을 오른 뒤에 즐겁게 내리막을 즐길 수 있듯이 인생의 험난한 오르막과 그 뒤에 있을 즐거운 내리막을 있는 그대로 모두 즐길 수 있기를. 이 책이 여러분이 한 발 내딛을 수 있는 조그마한 용기의 부지깽이가 되었으면 하는 바람이다.

Be Brave, Your Life!

2019년 2월
박주희